工作越来越有意思

大竹永介谈出版

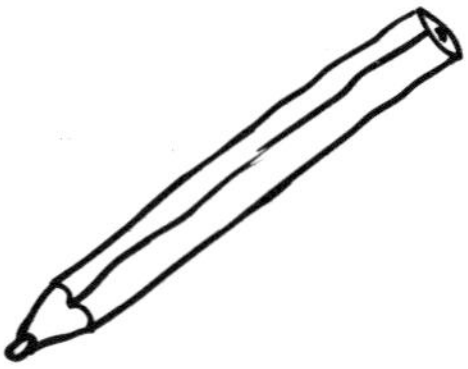

[日]大竹永介 著
唐亚明 译

人民文学出版社
PEOPLE'S LITERATURE PUBLISHING HOUSE

著作权合同登记号　图字 01-2024-0412

图书在版编目(CIP)数据

工作越来越有意思：大竹永介谈出版/(日)大竹永介著；唐亚明译. —北京：人民文学出版社，2024
(出版人书系)
ISBN 978-7-02-018671-6

Ⅰ. ①工…　Ⅱ. ①大…　②唐…　Ⅲ. ①散文集-日本-现代　Ⅳ. ①I313.65

中国国家版本馆 CIP 数据核字(2024)第 100369 号

责任编辑　**卜艳冰　郜莉莉**
封面设计　**钱　珺**

出版发行　**人民文学出版社**
社　　址　**北京市朝内大街 166 号**
邮　　编　**100705**

印　　刷　**杭州钱江彩色印务有限公司**
经　　销　**全国新华书店等**

字　　数　**104 千字**
开　　本　**889 毫米×1194 毫米　1/32**
印　　张　**6.125**
版　　次　**2024 年 6 月北京第 1 版**
印　　次　**2024 年 6 月第 1 次印刷**

书　　号　**978-7-02-018671-6**
定　　价　**55.00 元**

如有印装质量问题，请与本社图书销售中心调换。电话：010－65233595

目录

第一章

新编辑每天都苦恼

1
“第一次跑腿”与红气球

那时的我

1973年4月我大学毕业，之后就进入了讲谈社。我按时间顺序写出这四十多年来以当编辑为主的经验。我想先谈谈在那之前的几个月，按现在的话来说是“求职”，也就是找工作的时期。

当时已经有所谓的“就职合同”了，但实际上有名无实。我所在的法律系，不少人三年级就定下了就职去向，早的人甚至二年级就已被内定录取。

那个时候，我打麻将比上课还积极。我不是个守规矩的学生，从上高中起就参与业余文学杂志的编写工作，一直梦想着不上班，靠写小说生活，所以我对社会的动向很迟钝。

等我想到找工作的事情时，已是四年级，班里只有少数几个人还没有被内定录取。

社会现实严峻，我家也不富裕，我知道自己没有当作家吃饭的才能，尽管不情愿，也得找个工作先活下去。我父亲是个自由职业者，母亲为生活吃过很多苦，她一直嘱咐我：“你上班才能得到稳定的收入。”母亲的话有分量，我好不容易开始行动了。

最后，讲谈社来联系我了

时间过去太久了，我已经记忆模糊。我记得参加了几个公司的说明会，并考了几家公司。

那时是 20 世纪 70 年代初期，学生运动已呈弱势，但未停息。我要去找工作，但不想进银行或商社（这是我个人的意愿。看看高中同学的花名册，我们这一代人去金融机构工作的人非常少。我觉得这是那个时代的一种“气氛”吧）。不知为什么，我当时考的都是饮料或食品之类的公司。

结果，我都没考上。K 啤酒公司、Y 奶制品公司、M 糕点公司……都不及格。

已经到了冒汗的季节，我也开始着急了。那时，一到这个季节，几乎所有公司都结束了招考，只剩下媒体和公务员考试了。

我根本不想当公务员（不是因为公务员的工作内容，主要是公务员考试的题太多），便去考了出版社——这是我以前没考虑过的，结果又是连战连败。到了最后的最后，已经是8月的暑假了，我终于拿到了讲谈社的录取内定。我清楚地记得，我是在无人的校园里告诉朋友这个消息的。

干一辈子的工作

我喜欢看小说，也写过小说，可一开始为什么没想进出版社呢？（现在，面试时自豪地说“我从小就爱看书”的学生何其多！）如果我写下考出版社连战连败的事情，估计会很长而且离题，就不多写了。

但是我想说一句，人的素质和是否适合某种工作，并不是简单就能看出来的。二十岁出头时不可能确定一辈子要干什么，即使不如愿（比如考了几家公司都考不上），也没必要悲观或惊慌失措。

我并不相信命运，但是好多家公司都不要我，出版社中也只有讲谈社要了我，使得我不得不想自己是否被什么力量左右了？

后来，当我成为考官时，常常听别人说：“现在的学生同时在考企业和出版社，他到底想干这个工作吗？”因为当年我就是那样，所以只有苦笑，心里嘟囔着：也许事情都这样吧。

说得更夸张一点，像那种声称不干这种工作就活不下去的学生，我甚至感到他们的热情很危险。可以说，这是一种过剩的“实现自我的欲望”。

我后面还要谈到这件事。在这里我重复一下，人在二十岁左右时，不可能知道将来会怎样，也许怎么样都有可能。

还有一个收获，就是和自己喜欢的东西拉开一些距离（我那时喜欢文学和小说），与其说是有意的，不如说那几乎是生理上的距离。在以后的实际工作中，我深切地感受到，把自己的位置“相对化”是多么重要。关于这一点，我在后面还要谈到。

出版社的培训

我本打算写“第一次跑腿”，开场白已经太长了。

我 4 月进讲谈社，但并不是马上开始“工作”。从那时到现在（中间有一些变化），公司规定有大约两个月的培训，在此期间不算正式员工，是试用期。

培训结束后，我们才被正式分配到各个部门去，开始实际工作。

我就不详谈培训的内容了。讲谈社和别的出版社一样，经常进行的培训是去书店实习，即当书店店员。我们那时要当一个月（现在短了些）。

当然，也有社会上一般的礼貌礼节，还有“相反部门培训”，去与自己将去的部门完全不同的部门，比如编辑部的人去体验销售或广告部门的工作（我就职时，讲谈社招人时分得很细，杂志编辑部、营业部、校对部、会计部等）。培训是出版社员工的“助跑阶段”，换句话说，就是缓期执行。我在这两个月心情焦躁不安，想早点儿开始实际工作。

终于开始说我的“第一件工作”了。

不是好不容易完成了自己担当的“第一件工作”，而是第一次被吩咐干“工作”，也就是“第一次跑腿”。

分配到《好姐妹》，第一项“指示”

我被分配到了《好姐妹》编辑部，这是一份带附录的少女漫画月刊，包括总编辑一共九个人。所有编辑都既要编漫画，又要编报道和卷首插图（杂志的卷首彩色页，有征奖、演员照片等内容）。

我记得那是刚分到编辑部没几天，还没有正式担任什么工作，即使担任，也完全不懂工作流程，理所当然地要先帮老编辑干杂活，指导员（讲谈社现在也有这项制度，进社第一年，社里正式任命有经验的员工指导帮助）K 氏下达了“指示”。

“明天上午有浅田美代子的摄影，用气球当小道具，你明天一早去藏前批发店取来后，送到富士电视台。”

浅田美代子当时是刚在电视剧《到时间啦!》出名的十七岁新手，那年 4 月出了第一张单曲唱片《红气球》，编辑部打算根据歌名让她拿着红气球照相。

不用说，这没什么条件可讲。第二天一大早，我拿着一张“你去了就明白”的纸条，到了藏前。那家玩具批发店（也许是）还没开门，我叫起店里的人，拿上他递给我的一串气球上了出租车。那时，富士电视台还在新宿河田町，东京女子医大附近。

请想象一下我当时的样子。进公司才两个月，一身西服领带的新员工装束，那个时代还有这种不成文的规定（现在各部门不同，一般来说编辑部，特别是漫画编辑部服装比较自由，即使是新员工也不必穿西服去工作现场了）。

我那时身着蓝色西装，白衬衣配领带，手里拿着红气球。窄小的出租车装不下气球，只好打开车窗让气球飞在窗外，路上行人都好奇地看着——这也许是我的想象，当时确实景象奇妙。

即使现在回想起来，我都会笑出声。我清楚地记得那时的心情，又腼腆又害臊，觉得这工作不对头呀！

我本来是爱赶时髦的人，当年的浅田美代子非常可爱（我至今仍是她的粉丝），我并不是不愿意干那份工作，我是深切体会到，当编辑什么都得干！

“第一次跑腿”的事就讲到这儿，我不想附加几句什么教训，但“编辑什么都得干”是千真万确的。

有时要端茶倒水，有时要预订采访时的饭店、车票等，签售会的笔用完了还得跑到文具店去买笔。

也就是说，什么杂事都得干，还要随机应变。在那之后，我遇到过许多事情，使我深深懂得了这个道理。

糨糊、剪刀与末校

编辑的重要工作之一，是“末校”。

简单说就是准确校对从印刷厂返回的校样，然后告诉印刷厂：“可以了，照这个印刷吧！”

不论杂志或书籍，所有页张不完成末校，就不能印刷，特别是杂志必须严格守时，和时间赛跑，即“截稿期”。

我所在的《好姐妹》，前面也说到是月刊（每月 3 日发行），每个月都有一次末校（准确说，还会出增刊等，有时每个月有两次），大约有三天时间用于末校。

末校日程由主持具体工作的副总编决定。每个编辑都非常关心每月自己负责的那部分末校在第几天，大家都希望时间多一点，最好靠后安排。

对于我来说，这是“第一次工作”。我讲一下第一次“末校”自己负责的页张，结束这一章吧。

编辑部人不多，每个编辑都要负责漫画、报道、卷首插图等，当年进来的新编辑，肯定要负责“附录”，或是“Jockey”（一份 16 页的报道）。这两项校对最麻烦，让新编辑负责其中一项，称之为“锻炼”。（基本上是按顺序分配，比我早一年的编辑负责“附录”，我就负责“Jockey”。顺便说一句，我渐渐明白“Jockey”比“附录”轻松，庆幸自己“幸运”。）

我省去叙说细节，“Jockey”的工作非常零碎。除了活字排印（那是排活字的时代！），还要把插图和手写文字制成凸版组合起来，比如正文主人公的肖像、文中加入的照片和插图，都要制版后把清样按指定位置贴到活字校样上，而且有 16 页之多！

我本来手就不巧，于是一边叹息：“原来编辑工作是手工课呀！”一边拿着糨糊和剪刀（还有镊子！），含泪苦干。

当然，我都是原封不动按老编辑教我的去做。说实话，我在末校时，几乎不明白自己在干什么。

杂志真的出来啦！

好不容易结束末校，几天后印样（印好了还没装订，里面有 16 页的“Jockey”）出来了。我看到印样时，别提多高兴了。

哦，我校完的页张变成这样了！这不就是杂志吗？

我这么写，好像很幼稚很傻，可当时的真实心情就是这样。

我在工作间隙，多次拿出印样看来看去，一个人偷偷地笑，纯粹是高兴啊！

我在多年的编辑生涯中，经历过各种各样的感动和喜悦，从某种意义上来说，没有一次超过那次。

我后来曾经在人事部门工作过一段时间，负责雇用和培训工作（我将在后面详述），我反复对新员工讲那时的高兴心情。也许有人会说，没那么夸张吧？但那确实是创造出什么后朴素的“喜悦”。

就这样，我开始了编辑生涯。对于什么都不懂的我，苦恼的日子还在后面等着呢。

2

最初的苦恼

——编辑和作家谁了不起？

走进少女漫画世界

《好姐妹》创刊号

我在前面写过，我最先被分配到了《好姐妹》编辑部，编辑带“附录”的厚厚的少女漫画月刊。

我小时候读过男孩版的《少年》《我们》。我在实习时看到《好姐妹》很惊讶：“现在还有呢！”我不由得回想起了童年。顺便说一句，这本杂志（1964 年 12 月创刊）现在仍在出版，是与《群像》并列的讲谈社经典杂志。

当时的《好姐妹》还没出超级畅销作品《糖果糖果》，销量在二十万册左右，竞争对手《RIBON》（集英社）比我们多一倍。

开始连载《糖果糖果》是我入职两年后的1975年，与当年最畅销的作品《走过时髦的人》（大和和纪）同一年开始。我目睹了连载《糖果糖果》的准备工作（我不是责编），在连载开始时我被调到了《少女之友》周刊，那上面正在刊登《走过时髦的人》。我在《好姐妹》工作了两年半，我的调动在当时算早的。

说起这次调动来话长，我后面还要讲。从那时起，我当了二十多年少女漫画的编辑。当时最令我苦恼的问题是："编辑和漫画家谁了不起？"

正相反

编辑和漫画家谁了不起？这看起来像小孩在提问。因为我在《好姐妹》和《少女之友》编辑部度过了打编辑基础的时期，这两个编辑部编辑漫画杂志的方法完全不同。

那时的印刷技术可以称为"石器时代"，主要是活版印刷。漫画也是一页页制作成"锌版"。为此，把漫画稿的对白部分打出来用照相排版，然后剪下来贴到稿子上，这是编辑的重要工作之一（起码在时间上）。

有一天，发生了这么一件事：

编辑为了把漫画家用铅笔写的对白部分做成照相排版，先拓在纸上。有时，漫画家圈出的线条（放对白）大小和对白的字数不符，放不下。

我刚进编辑部给老编辑打杂，他曾经教过我怎么也放不进时可以另起一行。现在，我实在没办法了，就说："怎么也放不下呀。"

这时，老编辑说话了："没事儿，你把对白改一下就行。"

我吓了一大跳。我当学生时也写过小说那样的东西，还编过杂志，我不由得大声说："什么？不经过作家同意吗？"老编辑说："没事儿，没事儿。"

当然，这个例子有些极端，但是根子在于这种强烈的意识：

"漫画是我们（编辑）做的。"

"光靠作家做不出有意思的作品。"

所以编辑与作家见面商量时并不恭恭敬敬，而是比较严厉，对漫画家的设想和草图也会全面审阅，大胆修改。

与此相反的是两年半后调去的《少女之友》编辑部。与作家见面商量时并不是不提意见，但基本尊重作家的想法。说好了这是“重视作家特点”，说坏了这是“过分温情”，好像是听任作家，只会说“谢谢您给我们写稿”。

“老师，下次请您写一篇40页一次刊完的作品。”然后形式上见面商量几次，就静等稿件完成了……看到老编辑们这样工作（当然不是所有人），我年轻气盛，悄悄地骂道：“编辑可不光是跑腿的！”

两种会议，哪种正确？

不管怎么说，不经作家同意就改写对白是否合适呢？现在想起来，这也是少女漫画《黎明期》遇到的问题。说到底是“什么是编辑工作”的大问题。我当时还不熟悉工作，对在漫画家面前“摆架子”的编辑，以及对“摆架子”的漫画家言听计从的编辑，都看不惯，所以总想，到底谁了不起呢？

还是先回答这个问题吧。其实不是回答，而是我最终得出的结论，即“谁都不了不起”。我似乎已听见读者说，你说的都是些什么呀？我在前面已说过，对“是否了不起”这一幼稚的提问本身，只好这么回答。

但是，事情的本质没那么简单。比方说，我们比较一下下面两种情况。请你想象一下漫画杂志的编辑会议，正在讨论某期的框架，以哪篇作品为主、有无新的选题。这时：

① A老师正在写这样的作品，B老师有这种设想，C老师、D老师……嗯，C老师的作品看起来有意思，放在最前面吧。

② 现在读者喜欢什么样的故事呢？是恋爱的还是幻想的？嗯，恐怖的情节好像很受欢迎，那做个拳头作品吧，让谁写好呢？

这两个编辑会议哪个正确呢？

编辑和作家是对等的

按照以上的脉络来说，① 是《少女之友》，② 是《好姐妹》。也许大部分人会觉得编辑会议应该是 ② 那种。实际上我调到《少女之友》编辑部后觉得别扭也是由于此原因，我现在也觉得我的想法基本没错。

可是，我说事情没那么简单，是因为这样诞生的作品未必好。这不是由于畅销作品本身是不可预测的，而是关系到编辑和作家应如何相处。换句话说，即使像 ① 那样松散的编辑会议，编辑如果与作家正确相处，当然也会产生好作品（有时光靠作家自身的力量也能产生好作品）。

我在前面写过，我最终得出的结论是“谁都不了不起”，意思是说“编辑和作家是对等的”。

什么是对等？作家和编辑对等交锋是怎么回事？

我刚当编辑时，最先感到苦恼的是“编辑和漫画家谁了不起”，最后得出的结论是“谁都不了不起”。可是在那以后的编辑工作中，我一直思索的问题是“作家和编辑对等交锋是怎么回事”，可以说，这也是我至今仍在思索的问题。

我撰写这本书，是打算根据自己四十多年来编辑工作的实际经验具体地写，也许在各种场合里都会出现“什么是对等”这个问题。

也就是说，我最先遇到的问题一直到最后都在思索。

3

我不懂怎么编漫画！

接到调令，不知如何是好

我已经说过，我最先被分配到月刊《好姐妹》编辑部，加上总编辑共九人，漫画、报道、卷首插图、附录，什么都得干。我主要负责繁琐的 16 页“Jockey”。

如果写具体的工作内容会离题，我就不详谈了。重要的是，人数少的编辑部不得不承担报道、漫画、卷首插图等所有的工作。

不用说，这些工作的技术性各不相同，我觉得年轻时都经历一遍是很好的学习机会。从这个意义来说，我从《好姐妹》开始编辑生涯，是非常幸运的。

可是才过了两年半，社里就调我去《少女之友》编辑部，接到调令我感到茫然。那时，它已因石油危机由周刊变成了双月刊，但仍然比《好姐妹》编辑部人多，维持着周刊体制，分成漫画班和报道班。上面指定我去漫画班。

从那以后可以专心编漫画，不用同时编漫画、报道、卷首插图等各不相同的部分，真是谢天谢地。遗憾的是，那时我最不擅长的就是漫画。当我接到调令时，真不知如何是好。

“有意思”的标准

在《好姐妹》工作两年，主要负责报道方面，每个月花费相当多的精力，也积累了一定的经验。我有时还负责“卷首插图”，也都干过来了。我还编了不少漫画（编漫画最轻松）。但是，我仍然没找到“有意思”的标准是什么。

直截了当地说，我搞不清漫画作品（构思、情节、分镜头等）到底哪个好哪个不好。

比方说，漫画家给我看新作品的草图（分格里画上简单的草图。每个人的画法不同，有的人特别简单，有的人基本是画稿。那时我负责的漫画家大多是后者），我看不出哪个有意思，哪个没意思。准确地说，当时我的心情是这样的：

“如果问我这作品有没有意思，其实是没意思。但要让我说出怎么修改才能有意思，我又看不出破绽，那就这样吧。”

因为我不是看漫画长大的那一代人（我们这代人一般上了小学就不看漫画了，转读文学作品），更别说我从来没看过少女漫画。由于这些原因，我不知如何指出作品的问题，使它变得有意思，我没有掌握方法。

“送上门”的稿件

我先写点别的事。分配到漫画编辑部的新手都需要承担的工作是，应对“送上门”的稿件。有志成为漫画家的人打来电话：“请看看我的画稿。”编辑部一般白天很少有人，接电话的自然是早上班的新手（老编辑即使接了电话，因为麻烦也会说“你去看吧”）。我们不能小看送上门的稿件，因为优秀的人才不知会埋没在何方。

我见了很多次作者，说实话，我真不知道应该说些什么好。

都是些还没成名的新手的稿件，有的还是第一次画，怎么可能有意思？（尽管也有《进击的巨人》那样的例外。）

如果是朋友或熟人，也许可以随便说几句：“嗯，意思不大嘛。”“还行吧。”可不管怎么说，我是编辑。那些鼓足勇气给编辑部打电话、特地跑来的人，期待听到的不是这种评价。除了评价，他们还想知道如何才能被采用、怎样才能画得更好、自己有无希望……至少我是这么认为的，我想应该满足他们的愿望。

遗憾的是，不久前还是学生的我，不可能提出建设性意见。我和作者之间隔着稿件，流逝着可怕的时光。当然对方不会知道我是新进编辑部的，我也不能说："对不起，我是新手，我不懂。"

"嗯，你画得很认真啊……"

"再仔细画一点儿就好了。"

我就这样乱说，不知混过多少次。（有时实在没话说，我就说"颜色都涂到线外面来了"。——这和作品毫无关系！）

关于如何应对新手（送上门），大家有各种想法。《少年》漫画杂志的编辑曾经教我："你就说你早来了十年，过十年再来吧。"（当然这是极端的例子。）实际上从效率来说，编辑是否应当用宝贵的时间去看毫无希望登载的稿件，也有争论。

但是我认为，不论多么不行的稿件，都应该尊重作者。也许由于我曾经写过东西，知道作品不论多拙劣，对创作的人来说都是极为宝贵的。不承认这一点，什么都开不了头。

负责“漫画学校”

再往回说。我就是在这种情况下又调动了工作，上级让我进漫画班，负责“漫画学校”。

有必要说明一下漫画学校。名为“学校”，实际是培养漫画家的纸上学校。每月征集业余漫画作者的稿件，加以评论，分出等级，在杂志上发表。哪家少女漫画杂志都有这样的学校，有的称“漫画学校”，有的称“漫画研究班”。当然《好姐妹》也有，比我早两年入职的编辑指导得非常细心。

这可难办了。连送上门的稿件都令我焦头烂额，更别说每月看应征稿件，然后加以评论、分出等级，我怎么会呢？而且那时《少女之友》的“漫画学校”应征稿件少，也没新手成名，正是需要彻底改革的时期。

这时，我想了两个问题：一是漫画到底是什么？二是实用性的问题，怎样管理漫画学校？

首先，不懂漫画的构成，以及漫画是怎样形成的，就无法加以评论。

漫画是什么？是画和情节的结合。实际上哪家杂志的漫画学校都分开评论画和情节，对此我不太认可。有的作品画好，但没意思；有的作品情节波澜起伏，可画看不上眼；有的作品情节一般，却很有意思。这是为什么呢？

我当时参考了电影和电视剧。我不讨厌电影，说起电视剧，我从学生时就喜欢佐佐木守、今野勉、仓本聪等人的才华。我用漫画和电影、电视剧的形成做比较，大大开拓了自己的视野。

四要点

本书不是漫画讲座，我就不详述漫画了。把情节编写成剧本，导演进行艺术指导，演员表演，摄影……这一过程与创作漫画是否相同？我在思考这一问题时，逐渐看清了要点。

不论多有趣的 ① 情节（故事梗概），写成 ② 剧本，准确分成各场景，由 ③ 优秀的演员表演，④ 摄制成美妙的图像，才能称为好作品。

如果说“画”和“情节”（① 和 ④）重要，那么连接它们的 ② 和 ③ 则是更为重要的因素，也许应称之为“导演能力”。我找到了这些要点，对漫画的看法也大为改观。（关于 ③，与主人公魅力和画的好坏有关，比较复杂，我就不赘述了。）

另外，（漫画）编辑各有自己的一套“方法论”，这只不过是我个人得出的结论。请不要认为这是“绝对真理”。

实际上，后来看漫画长大的一代人进公司后，他们和我看漫画的方法明显不同（起码他们的阅读速度把我镇住了），我的思维方式是把漫画转成“活字”来读。我经常自问：我的想法对吗？

有一次，我和大和和纪聊天，她是开拓少女漫画的那一代人。她给我讲述了如何与领先的媒体（小说、电影）边斗争边创作漫画的经历，使我深受感动。

也许正因为有了那些斗争，才有了他们的名作。漫画不能以漫画“自满自足”。（在那之后，我听许多人说只看漫画的漫画作家，他们的作品是脆弱的。最令我吃惊的是听安野梦洋子说，最近年轻人连漫画都不看了。）我由此想到，把漫画与“活字”进行比对，并不一定是坏事。

模仿与拘泥

下一个问题。

我虽然找到了评论投稿作品的方法，但是管理“漫画学校”是另外的问题。如何整理投稿作品，怎样应对投稿人……在一个月内，什么时候该干什么，还要编杂志（相应的页张），工作是干不完的。

我怎么办呢？没办法，只得全面模仿之前的杂志老编辑的做法。本来应该由《少女之友》原来的责编交接给我，但我前面已说过，应征稿数量少，而且我一查，几年前的应征稿件都没退还，还放在柜子里呢，即使我想参考写审稿意见也没办法。于是我想到经常听到的一句话：模仿别人工作并不可耻。只要你觉得这个人的方法好，可以偷来。（我在深夜无人时，去《好姐妹》编辑部偷看过老编辑给投稿人写的意见。）

管理“漫画学校”是比较特殊的工作，写得太详细也没意义。我只写一件事，即如何对待投稿人。

我坚持一对一的关系，比如说一个月有三十份应征稿件，那么负责“漫画学校”的我与投稿人的关系是一对三十吗？

不是。我在前面也写过，对每个投稿人来说，自己的稿件都是宝贵的，他们（以女性为多）都希望编辑看自己的稿子。我想，尽管形式上不得不“一揽子处理”，心情上也要一个个对待投稿人。

所以，不退稿是不应该的。我把写上意见和感想作为退稿的原则。（有工作量的问题，有时也根据水平使用同样的说法，我做过固定形式的退稿信。即便如此，我也尽量简单地手写几句。）我调来时积存了几个月乃至一年甚至更长时间的稿件，请临时工帮忙，全部退还了。

我的心情是希望与每个投稿人直接见面谈话，所以尽可能给他们写信。如果投稿人想把稿件直接送来，我当然也接收。还有人寄来业余作者编的杂志，我们一般不接受这种东西，但我也尽量收看。我每月编辑手写复印的《漫画学校通讯》，按照投稿人的名单邮寄给他们。（现在难以想象，当时别说电子邮件，连打字机都没有。）

不管三七二十一

我已经不管三七二十一了。我在极盛时期，白天几乎每隔一小时或一个半小时，与专业漫画家见面，与成名前投稿的新手见面，只有到了晚上，才能回到办公桌前工作。这成了我的日常。

这也说明我仍然没搞懂漫画。

概观当时的少女漫画界，首先是集英社（《RIBON》《别册 Margaret》）唱独角戏，讲谈社、小学馆紧随其后。小学馆有荻尾望都、武宫惠子等拥有大量粉丝的作家，而讲谈社走大众路线，以一般人容易接受的“恋爱故事”为主，可销售得并不好。投稿人普遍认为，讲谈社不接受文学性强的作品，简单地说，就是名声不好。

那些没什么意思、又司空见惯的“恋爱漫画”，为什么在问卷调查时总是排名前列？我对这种现象很不满意，急于想知道原因，以及漫画家画漫画时想的是什么。

投稿人（想当漫画家的人）不选择讲谈社而选择集英社或小学馆，倒也没关系，但那是为什么呢？讲谈社什么地方缺乏魅力呢？集英社、小学馆什么地方有魅力呢？还有，他们为什么画漫画呢？他们想画什么呢？……我真想和他们每个人直接见面谈谈（根据这一想法，我从那时开始办“移动漫画教室”）。当时《别册 Margaret》不仅在杂志上，还利用暑假等时期把投稿人集中在一起，开办“漫画教室”。这还启发我想到去外地开办“漫画讲座”。除了大阪、神户、札幌这些大城市，最多的一年我们几乎在所有的都、道、府、县[①]都举办了“漫画讲座”。要是现在，可能会有人批评这种做法效率太低。我坚决主张发现新手要像沙里淘金那样，并且获得批准（我非常感谢当年的上司同意我随心所欲）。

可结果呢？

我创办的“漫画学校”是否人才辈出、不断涌现出新作家呢？

① 日本有一都一道二府四十三县。

很遗憾，答案是“否”。虽然和投稿人建立了一定的信赖关系，应征稿数量也逐渐增加，但世上的事儿真没那么容易。

有的漫画家从当时投稿到成名，我一直是稿件的责编，至今还在创作；也有人到现在仍给我寄贺年片；还有不少使我深深感慨的经历。但是，我不是找借口，培养新手不是那么简单。

可以说，一名作家（漫画家）的成长，编辑能介入的余地有限，即使撕裂我的嘴，我也不敢不自量力地说“那个作家是靠我培养成名的”。作家能否成名，其中有运气，甚至还有一种上天巧妙的安排。我根据经验确信，只要是有出色的才能，就一定会在什么地方发芽。

我想说的是，通过负责“漫画学校”，我学会了同漫画家（作家）打交道的方法。还有，我懂得了和新作家一起工作是很有意思的。至于怎么有意思，我将在下章说明。

第二章

工作越来越有意思

1
培养新作者有意思，比如吉田真由美

我们才二十多岁

我在上一章写道，不能说“某某是我培养的”这一类的话。我还写道，是否成名有其运气，似乎有上天巧妙的安排。这些复杂微妙的事我后面还会提到。有一条是肯定的，那就是担任年轻新手的编辑其乐无穷，陪伴作家的成长是非常愉快的事情。对我来说，同吉田真由美一起工作就是这样。

说起吉田真由美，现在很多人也许不知道，她曾是风靡一时的漫画家，作品有《比我小的畜生》《柠檬白皮书》等（均发表在《mimi》上）。为此，她容易被人认为是《mimi》的作家。其实，她的作品最先发表在《少女之友》（1973 年）

上，我开始担任她的责编应该是1975年。那时，我们才二十多岁。我记得从别的编辑那里接手时，她正在为我们画增刊号的40页作品。

页数是有意义的

我有必要说明一下40页的增刊号，这意味着漫画家从新手登上了一个台阶。这是我们行业独特的惯例（起码在我工作的那个时代）。

杂志把一定的页数称为“一折”，一本杂志是几折的组合，以32页为单位。一般请新手作画时，画32页（最后一页登预告，准确说是31页）。按这个页数画的作品，什么时候放在哪儿都好用。

开始时，还没决定何时刊登就先画32（或31）幅作品，先看机会在增刊号刊登。根据作品质量和受欢迎的程度，再请画家尝试为增刊号画长一点的（大约40幅）。如果反响好，32（31）幅的也可刊登在正刊里……大概就是这么个过程。其结果，在各阶段成绩好，就有可能进一步在正刊上登长篇，或在卷首上登一次刊完的作品，或登连载。当然，有不少作家在途中未能进入下一个阶段就消失了。

这时的吉田真由美正好第一次画40页（而且是双色），

是备受期待的新手。

作家的“成长”是怎么回事？

说起来，作家的成长是怎么回事呢？或是说，什么算成长呢？

我认为，那是作家（漫画家）找到了自己的“创作点”。我不是要在这里谈论“为什么创作”这种较难的话题。即使不是纯文学作家，人只要写什么，一定会有某种理由和动机，那就是他的“创作点”。但意外的是，有很多作家创作时自己往往并未注意到这个点。

回过来谈吉田真由美吧。我在前面写了，我接手担任责编时，她正在准备画增刊用的40幅作品，那是个外国题材。我觉得意思不大，并不是因为那是外国背景。作品没有重大破绽，归纳得也还不错（她有一定的水平），可我就是没感觉。我觉得也许这与“创作点”有什么关系。

《雨中的热牛奶》
吉田真由美／著　讲谈社

我对她的作品真正有感觉的，是为正刊画的31页作品《雨中的热牛奶》。那时她已经在正刊上连续发表作品，不断增长的实力令人瞠目。可是我记得，在问卷调查时，她的人气并不太高。

从标题可以看出，她画的主题并不难，也没那么新颖，是普通的爱情故事。但是，作品中有扎实的生活感，有生动快乐的主人公。至今我都记得末校时的充实感。

现实是，这篇作品受到了好评，也得到了其他杂志编辑的赞扬。吉田真由美于是开始用同样的主人公在我们杂志连载，确立了她的地位。

可是，我能说的是

那么，我作为责编，为这部作品做了什么呢？本章的主题是“培养新手”。为了让新手“更上一层楼”，责编做些什么好呢？应该做什么呢？

回想当年，我不记得我做了什么特别的事情，也不记得是否做过市场调查，告诉她画什么受欢迎，更不记得分析过她以往的作品。

我能说的只有一点，那就是和她共享了许多时间。换句话说，我们经常在一起“玩”，一起喝酒，一起听音乐会。

但是可以说，这些事和创作作品完全没有关系。我们只是在一起谈论喜欢的歌曲，谈电影和电视剧。

或者也可以这么说，不是为了什么（比如说为了创作新作品、点子源于“会话”啦等），没有这回事。

作家和编辑不是点与点的联系，而是面与面的联系，是整个人格和整个人格相互碰撞，才会产生出什么。如果产生出的什么变成了作品，那只是冰山的一角。支撑这一角的是眼睛看不见的大冰山，那“一角”才有力量。

浪费的作用

我曾经从老编辑那里听过这样的事：他是“文艺·学术”领域的编辑，为了谈工作要去京都见所谓“京都学派”的学者们，以前到了晚上肯定要在祇园[①]设宴，并不谈什么具体选题，就是“玩”。可是，这种交往后来成了新选题的营养源，编辑得到了不少启发，最重要的是宴会成了最好的课堂。

他还说，随着开通新干线，去京都出差变成了当日往返，那些“好习惯”逐渐消失，结果编辑和选题越来越“瘦削”了。

① 京都繁华区。

为了去祇园喝酒，去京都出差住一晚上的确是“浪费”。我和吉田真由美去听与作品无关的音乐会、一起喝酒聊天也是“浪费”。

但是我认为，出版事业本身就是“浪费”的集大成。如果用浪费这个词来判断编辑的工作，那几乎什么都别干了。

泡沫经济崩溃后，日本的经济前景不乐观。出版甚至被称为“夕阳产业”。既然是营利企业，出版社当然要节省经费，增加收益。但是这种时候，只关注效益，连出版事业所需的“必要的浪费”都削减掉，那出版社就会连老本儿都丢掉。

对于出版与效益、编辑与浪费……这些麻烦的问题，我在后面还要提到。在这里我只说一句：“新编辑是在巨大的浪费中诞生的。”

关于“碰头谈工作”的方法

既然有这么个好机会，我想谈谈我对“碰头谈工作”的一些看法。我的基本想法是：即使是同一位作家，根据时期（作家所处的阶段、状况），对应方法也有所不同。

如果比作“拳击”的话，判断是选择“近战”还是“拉开距离”极为重要。有人问我当编辑什么最重要，我经常回答："距离感"。

具体说吧，在担任某位作家的责编时，最初看故事或文字时，不说三道四（不太修改），所谓"任马跑"。过一段时间，就能看出这个作家的弱点或者问题，也许是不太会编故事，也许是登场人物有问题……

看出问题后，要进行细致的检查，不断指出应克服的问题，即所谓"敲打"。觉得作家水平提高了，就放松一点缰绳……大概是这种状态。

有时，有的作家让他随心所欲创作，提高很快；有的作家细致地给他指出应注意的问题，也提高很快。人与人的类型不同。我确实感觉到，对同一作家在不同的成长时期应对的方法也不同。

我这么写，看似居高临下，好像编辑掌控着作家的一切。为了不产生误会，需要说明的是，这只是举例谈一个方面，谈编辑如何判断作家的能力，谈应当如何对应的问题。

实际上作家与编辑的关系更为混沌，就像我说过的那样，是一半对一半的对等关系。

应该说，编辑可以从作家那里学到很多东西。我在下一章谈这个问题。

2

担任你不喜欢的作家的责编时，比如大和和纪

“费劲”的作家

如果问我在少女漫画杂志的编辑生涯中印象深刻的作家是谁，我会毫不犹豫地说是前一章写到的吉田真由美，还有大和和纪。

我现在还与大和有来往，她是我真正尊敬的漫画家。把她说成“不喜欢的作家”，我心中不安。我解释一下原因。

我担任大和的责编是在1980年。她的畅销作品《走过时髦的人》1975年开始连载（1977年结束），那时她已是“著名作家”“成熟作家”，与前面说过的吉田正相反。

我在前面写过，“陪伴新手成长是编辑的喜悦”，与此相反的是，担任成熟作家的责编是很费劲的。为什么呢？

第一，她有畅销作品，说明她相当有实力，也就是说，她画出好作品理所当然，责编如果编不出畅销作品，就是“你到底在干什么呢”。

第二，不用说，畅销作家对编辑部来说是宝贝，换句话说，是必须当宝贝对待的作家，责编不得不极为小心，不能有失礼节。

“责编”问题

我在这里稍微把话题岔开，谈谈如何决定谁担任哪位作家的责编。

简单说，责编是由杂志部门的总编辑或书籍部门的出版部长来决定的，这是他们的“专权”。新任总编（部长）上任，首先调整责编，哪位作家由谁担任责编更能出成果？换句话说，现在的作家与责编的搭配是否合适？判断这些情况考验总编（部长）的能力，也是你打算把编辑部办成什么特色的大问题。

话虽这么说，频繁更换责编的话，作家难以安心工作。如果稍微有点儿问题就更换责编，作家也不愿意。另外，在人事调动中，不管总编（部长）是否愿意，某编辑被调到其他部门去，你就得设法弥补，哪怕这位编辑与作家的关系非常好。

所以按照惯例，以大概一年一度的人事调动为契机，进行调整责编。有时也会有人这样要求：“我和这个作家可干不下去啦！”“这个责编太糟糕了，给我换一个吧！”责编问题确实很复杂。（我所在的是综合出版社，人事调动相当频繁。经常听见作家说：“我好不容易适应了责编，你们突然又换掉了，我没法儿写好作品。”专业出版社这种情况少，互相熟悉的责编和作家长期交往，能做出好作品。我对此非常羡慕。不过听说他们因为没有新的刺激，也有别的烦恼。）

另外，我再离题说一句，一般来说，较多的是让新编辑担任成熟作家（著名作家）的责编，因为可以让有经验的作家教他。

如何说出“我觉得不对劲”？

说说大和和纪吧。

刚才说过，她那时已经是畅销作家，我已入职第七年，不能说自己还是新手了。

我记得那次换责编不是常规调换，似乎是编辑部（总编）对《走过时髦的人》之后一直出不来畅销作品感到恼火。

能创作出《走过时髦的人》这样畅销作品的作家，不需要贪婪了，而且经验证明，一个作家不可能不断创作出畅销作品。话虽这么说，可是总编都是贪得无厌的。（顺便说一下，大和和纪有复数的畅销作品，的确厉害。）

是不是贪得无厌，那是另一回事，对大和在《走过时髦的人》以后的作品，我也同样感觉不对劲，这与开头时说的“不喜欢”有关（虽然我明白她要改变路线），我对哪篇作品都不满意。

那不是我在吉田那章说过的“看不到她写作的点”（因为她不是新手），我感到在作者和作品之间有一种“差异”。我想，照这样下去恐怕作品不会成功。

问题从此开始。怎么去告诉她我感到的“不对劲”呢？如何把它反映到作品中……而且时间不等人。一年后开始新的连载已是既定方针，在那之前也不能休息。（一般来说，直接开始连载比较危险，我们一贯的做法是，在那之前先刊登“一期读完”的短作品，或是多次刊登，再视情况而定。）我刚才也谈到了一些情况，我的“使命”是让这次连载成功。所以，换责编是件麻烦事。

首先从道理来说，编辑应直率地向作家谈自己的想法。觉得作品“没意思”，得告诉对方；认为“这样改一下就好了”，也应该告诉对方。

不用说，编辑的说法很重要。“直率”与“没礼貌”

不同。

年轻编辑说：“我对大作家可说不出这作品没意思。”我就对他们说：“没必要客气，把你感觉到的直接说出来。”当然要以对方听得进去的形式表达，而不是猛然冒出一句“你这作品没意思啊”。有的编辑误会了这一区别，使作家大怒，那就不好办了。

不偷工减料

那我怎么办呢？

编辑不是评论家，不能说“我这么分析了你的作品，我是这样考虑的，评论完了再工作”之类的话。而且我前面说过时间不等人，编辑需要边跑边思考。

我注意的事情很简单，就是让作家“相信我”。我希望作家这么想：这个责编是在真心为我工作，他的话值得听……我前面写到“用对方听得进去的形式”，不光是“表达方法”问题，也意味着心理问题。

怎样才能得到对方的信任呢？一是与作家正面相对，不逃脱，尽快处理作家的要求或希望。当然不是所有不合理的要求都要听，而是不往后拖或敷衍搪塞，尤其不能说假话。从这个意义上说，应该如实说出自己的意见（当然要格外小心表达方法的问题)。

还有，不论多么小的事情都不能偷工减料。我这么说像在夸自己，有点儿不好意思，我哪怕是不到五十字的新书预告导语，也会下功夫写。有一次，大和问我："这导语是谁写的?"(等于说写得不错嘛。)我很高兴，下功夫写是值得的。

"不偷工减料"，换句话是"做到极限"。我前面说过，我担任大和和纪的责编后，目标就是"让新连载成功"，为此我当然能干什么就干什么，而且连载开始后我也没有改变这种工作态度。

朋友最可贵

讲起连载《横滨物语》的过程，我还得新加一章，但省略细节。为了创作明治时期横滨开港的故事，我托在横滨市政府工作的朋友把保存在市里的许多历史资料拿出来给我们看，还托在电视台工作的朋友给我们看当

《横滨物语》 大和和纪／著 讲谈社

年重要的纪录片资料。当然我们也去了许多地方采访，还去外交史料馆看过日本的第一张护照。(我想知道作品主人公活动的区域。我在小酒馆的桌上摊开当年的地图时，大和苦笑了。)

我也听别人说过，你有必要那么干吗？那有什么意义呢？但是我已经不管三七二十一了（像办“漫画学校”时那样)。我坚信，作品不过是冰山的一角，只有庞大的、眼睛看不见的冰块支撑它，它才会有力量。

顺便提一下，朋友和熟人无比重要。那位在横滨市政府工作的朋友（他对我帮助很大)，是我初中时的好朋友；给我看当年船舶资料的，是在船舶公司工作的高中同学；而在电视台工作的，是我大学时的朋友。

我和他们交往都不是为了工作。在所谓“同业界”，你觉得“这人也许有用”而去交往，往往得不到什么“成果”，而在你想不到的时候，“没用”的人会出来帮助你。实际上，平时交往的那些毫无利害关系和得失打算的人，往往最值得信任，他们会替你着想。

从前经常说，编辑在社里无所事事会被上级训斥。我在《少女之友》时，当时的总编这样对我说过：“你学生时的朋友也行啊，你可以用采访费，时不时和他们见面喝酒聊聊天，比你在公司傻待着或是一个人去喝酒强多了。”

虽说那时是出版界景气好的“黄金时代”，但也说明了出版或编辑某种实质上的东西。

有些长了，我再写两段来结束这章。

“是那样吧”

一是与我“不喜欢”的作家在那之后的事情。幸亏我和她的关系还好，连载也获得好评。可我最初感到的“不对劲”(即“不喜欢”的原因)，还没有都告诉她。准确地说，我平时不是不喜欢她，而是认为她了不起。但是那种“不对劲”的感觉没有消失，我的心情很复杂。

我记得好像是出差去长野办签售会，晚饭时，我一边喝酒一边鼓起勇气说出了我的“不对劲”的感觉。我已不记得是否说了“讨厌”这个词，但是我坦白地说：“在担任责编前，我不太喜欢你的作品。”而且还说“这是作家和作品的‘距离’问题吧”之类麻烦的话。

我有些担心她是否会生气。我心里想，我和她已经建立了这样可以深入交谈的信赖关系，她生气就生气吧。我当时的心情是管不了那么多了。

结果很意外，大和不仅没生气，还轻描淡写地说了一句“是那样吧”，她同意了我的话，并平静地叙述了自己克服那些问题的难度，以及所下的功夫。

我觉得我输了。其实她早就看穿了编辑耍的小聪明，什么“分析”呀，指出作品“弱点”呀，这位优秀的作家看的是更远的前方。

实际只有三十分钟

我最后再写一段。可以说这是愉快的回忆。我想写一下与大和的一次“谈工作”。连载上正轨后，我和她商量漫画脚本。

我们约定的见面时间是傍晚四点半或五点。

我前往她在东京都内的画室，一边喝茶或咖啡，一边闲谈。从社里或出版界的传闻谈到最近看的电影、书、电视等，瞎聊一通。这大概持续了四五十分钟，聊得差不多了，就说好吧，我开始看脚本。我检查有无难懂的地方（大和的脚本一般没有图画，有时要问她是什么画面），然后谈我的感想和意见。她本来就是有实力的人，基本没什么破绽，但有时也需要她修改一下。（顺便说说她的修改。她基本不按我希望的那样改，要是偶尔根据我的要求改了，我别提多高兴了。我吃惊的是，每次她改好的地方都远远超出我的要求。所以，我认为她绝对是大作家。）

我们这样谈工作花了三十分钟左右。确定好下次谈工作的安排后，“那走吧”，我们就准备外出。说是吃饭，不如说是去喝酒。

那时车站附近有一家鱼做得特别好吃的小酒馆，我们溜达过去。我们俩本来都不讨厌喝酒（她是海量），主要喝日本酒，边喝边侃，谈工作也不谈工作……就这样喝了两三个小时，然后叫出租车去千驮谷车站附近的酒吧。（我有时还看到和田诚坐在柜台旁安静地喝着。）我们俩离开酒吧大都是深夜。我坐出租先送大和再回家。大概就是这么个情况。

从傍晚开始的“谈工作”，其中纯粹谈工作是商量脚本的三十分钟左右的时间。如果用现在的“效率”“浪费”的词汇来过滤，三十分钟以外的都得去掉。

但是，我从这种“浪费”中学到了不可估量的东西。我甚至想，如果没有这些“无用的谈话”，《横滨物语》不会成为那么成功的作品。

我前面也写到了这一点，就不重复了。我们的工作（出版和编辑）是大活人干的，绝不能没有人的交往。

后来，我调到童书部门，担任了领导。我经常用各种形式同作家“吃喝”，让年轻编辑参加。因为我知道，年轻编辑直接听作家的声音有多么重要。不直接见面，只用电子邮件是不值得一提的工作方法。

3

与其他出版社的作家交往，比如惣领冬实等人

漫画界独特的“系统”

在漫画界，杂志（出版社）各有系统。

说到我当时所在的少女漫画界，作家里中满智子、大和和纪、庄司阳子等人是讲谈社系统，池田理代子、一条缘是集英社系统。

其背景是“专属制度”，这种制度也有问题。漫画家与特定的杂志或出版社签订专属合同的现象较多（即使是同一家出版社，为该社的其他杂志部门画作品也很麻烦）。出版社为了培养新手，不仅有合同，而且从作者成名之前就与之紧密联系。

本来，萩尾望都、武宫惠子等可以说是小学馆系统的漫

画家，但她们并不都是在小学馆的杂志上初露头角的（获尾望都是在《好姐妹》），让她们的才能开花结果，小学馆的 Y 编辑发挥的作用很大。

不管怎么说，在文学领域以及我后来进入的童书领域看不到这种现象，可以说这是漫画界独特的现象。即各杂志（或编辑部）都像一家人，是“一伙儿”。我想起来了，我们还组织过和漫画家一起联谊旅行。

当然我入职时也是这种情况。我记得讲谈社的少女杂志《少女之友》《好姐妹》专属制度就比其他杂志严格。“漫画”领域是极为“闭塞”的。

但是，我们并不是与“其他出版社系统”的漫画家完全没有接触。随着工作经验的增多，这种机会也多了起来。我写两件我经历过的事情。

认识的机会

一般来说，认识“其他出版社系统”的漫画家有几种情况：

一是本社漫画家的朋友是“其他出版社系统”的。两个人同时努力成为漫画家，一个在讲谈社发表作品，另一个在集英社，这种情况不少。也就是说，由自己担任责编的漫画家介绍。

另一种情况是，自己培养的漫画家苗子结果在别的出版社发表作品了。我在前面讲过，我主持过“漫画学校”，所以多次经历这种情况。

当然，也有定好具体目标去“挖人”的事。根据我的经验，这种情况很少。起码总编一次也没有对我说过：“你去交涉一下，请某某给我们画吧。”也许因为我编辑少女漫画只是在《好姐妹》《少女之友》《别册FRIEND》这种现有的杂志，没有参加过创刊新杂志。

讲谈社在《mimi》创刊时，编辑也带着“挖人”的使命去找了集英社的人气作家美内铃惠、和田慎二等人。

说几句题外话，现在与我时常见面喝酒的朋友中有白泉社的退休编辑，我最早认识他是在五十岚优美子家里。当时他在《花与梦》编辑部，来“挖”别的出版社（讲谈社）系统的漫画家五十岚优美子。从集英社分出来的白泉社创办了新杂志《花与梦》，他们不光从讲谈社，还到处挖优秀的作家。

我兴趣索然的眼里

我讲一讲与其他出版社系统的漫画家工作的事情。

我先声明，我不是在这儿谈“与其他出版社系统作家交往的窍门”(没有那样的窍门)。我只是想谈谈自己的经验，也许能从中看出编辑工作是什么。

从 K 氏讲起。她那时是高中生，给“漫画学校”投稿，不是邮寄而是送上门，地点在讲谈社接待室（不论本人意图如何，送上门的稿件一般都作为“漫画学校”的投稿)。因为她住在市中心，后来就请她直接把稿件送到出版社，我当场看。

老实说，我并没觉得她特别有才华，线条僵硬，还没画熟，情节也没有特别的地方。我记得不是一般读者容易接受的那种类型。

那么是什么吸引了我呢？准确说，不是一般读者容易接受的作品，反而使我在意了。

当时，我想现在少女漫画的主要倾向没变化，主题一直是“校园恋爱”。在杂志的问卷调查中，受欢迎的前几名基本是这种题材。

我已经腻了，十年如一日用同样的类型、相似的故事去博得人气，说实话，我感到兴味索然。

我当时年轻气盛。少女漫画中的“恋爱”问题，不是那么单纯的，为了创作真正的好作品，需要更深入地思考。我当时生气在先，想着怎么又用这种廉价漫画去讨好读者呢？

难道少女漫画的题材和主题不能多样化吗？为什么大家

不挑战呢？出不来有干劲的新手吗？

K 氏的作品引起我的注意，大概因为我有这些想法吧（我这样分析自己有些勉强）。我想，她年轻，如果能使她独特的感觉得到发展，也许能培养出打破既成漫画的作家。

很遗憾，我这个愿望没有实现。我看了她的几篇稿子后，某天她在小学馆发表了。

她发表的第一篇作品是《你好》。后来她真正发挥才华的是面向青年的漫画杂志，说明她的才华不局限于少女漫画。

我为什么一直和 K 交往呢？

K 氏在别的杂志发表作品后，我为什么还和她一直交往呢？

时间过得太久，有些细节已经忘了，比如她从《你好》转到青年杂志的经过，我如何与她联系争取到连载。我只记得时常与她见面，吃饭喝酒。

当然那是非常愉快的。

我们并不谈那些难解的话题，只是没完没了地聊些无聊的事。

我们聊天时，她对漫画一直是真挚的、谦虚的。她认真思考自己想做什么，做什么好。这对我来说是一种激励。

我说过，我当时对少女漫画感到厌倦，问卷调查的前几名为什么总是那类作品？我做过多次尝试，可总觉得有意思的作品读者并不喜欢。

是哪儿不对呢？自己的感受为什么和读者不同？

我的想法，与不在“少女杂志”发表而转到“青年杂志”的K氏想法近似。

我前面也写了，我们没有设定主题去谈话，我也没有直截了当提问，得到她的解答。对我来说，和她聊天是从另外一个角度来审视我的工作。

当然，广开门路，脑海里有许多抽屉，是编辑必备的条件。也许没必要专门谈与“别的出版社系统的作家”交往。不论对方是什么领域的人，听听自己不知道的事情总是良性刺激。

我别的地方也写了，下面还要提到，我不是单纯为了增长知识，对自身（自己的领域）“相对化”是极为重要的。从这个意义上来说，即使是同样的漫画领域，也需要其他人、其他出版社的视角。

关于惣领冬实

我与K氏的交往完全没有“功利”意图（比如希望她为

我们的杂志画作品），也没有一般说的“好色”成分（那不会有好结果），但是我们收获到了巨大的果实。

我再举个与另一位作家交往的例子。

这位作家是小学馆系统的。按前面的分类来说，属于第一类，可给我介绍的人不是漫画家，是脚本作者。

我和这位漫画家——惣领冬实第一次见面好像是 1988 年春季。我们指定在东京自由之丘的咖啡馆见面。我记得由于联系问题，我们等了很长时间后才见成面。

当时惣领已经是在《少女 comic》周刊上连载的人气作家，我刚担任《少女之友》总编不久。

把她介绍给我的脚本作者与惣领是同乡，她告诉我，惣领与编辑部有些小矛盾，想听听其他编辑部的人怎么说。

不用说，两家是竞争对手。与竞争对手的连载作家见面，我很紧张。我又是总编，老实说（我刚才写过，“好色”的成份不会有好结果），我内心确有打算：“能不能让她给我们画作品呢？”

旧书店

我又跑一点儿题，想写一下那时的经验。虽然和本章主题没有直接关系，但这是出版界至今都没解决的大问题。

一般来说（可以说是常识），第一次见面的人，编辑要事先调查情况，如果是作家，要读他的主要作品，并了解他最近的活动。这当然算“学习”。直率地说，不这样做就太“可怕”了。(后来我听说有个新编辑第一次见评论家，事前不做任何准备，一本著作也没读。我与其说是惊讶，不如说佩服他的“胆量”。)

因此，我打算读一下惣领迄今为止的作品（单行本漫画）。她的作品在周刊上连载过，册数相当多。

可是我弄不到。书店里只有新书，没有稍过时一点儿的。我跑了多家书店都凑不齐，订购需要两三周。我们已经约好了见面日期，等不了那么久，这下难办了。那时还没有亚马逊书店这样的网购。

怎么办？我跑进了旧书店。

当时，旧书店刚刚呈现上升势头。

漫画家和出版社非常警惕旧书店，并针对卖旧书采取各种行动，简单说我们是“敌对关系”。商业漫画杂志的总编进旧书店，是难以公开的。

但是我的收获很大。在旧书店，我看到惣领的作品全集整整齐齐地摆在书架上。

我在这里不打算谈论旧书店的好坏。对于读者来说，一般书店和旧书店哪个更“方便”呢？这与目前网络书店的问题也相同。为了找书要转好几家书店，有时订购也来不及……一定有不少人经历过这种事。

出版界有诸多问题亟待解决，不看书、电子化……但毫不夸张地说，最大的是“流通”问题。

至少我通过亲身体验得知，光靠“敌视”旧书店和网络书店等不能解决问题。

又调动工作了

我好不容易看完了惣领冬实的漫画作品，成功地第一次联系上了她。可刚开始时不会有频繁见面的机会，她又是在周刊上连载的作家，没那么多自由支配的时间。

我不是细致做笔记的人，根据我不确切的记忆，我记得那年 8 月和第二年的 4 月见了她。可距我第一次和她联系上正好一年的 6 月，我又被调动了工作，而且是和编辑完全没有关系的人事部门，负责录用和培训员工的研修科。

关于这次调动我还要提到。与作家交往，不管是出版社的系统还是什么，人事调动的影响很大。特别是我所在的综合出版社，人事调动频繁，微妙地左右着编辑与作家的关系。

一般来说，只要确定了调动，就要与新责编交接工作；

如果是连载，不马上交接会影响杂志的出版；即使不是连载，计划也会变化。

但是，我和惣领的情况略有不同。如果我是现任编辑，见她是为了把她“挖”过来，那就必须立刻决定后任。可我是总编，不直接编辑杂志，我只是私下见她而已。

也许我应该交接给后任总编，说明我与惣领是这种工作关系：也许我们可以请她画作品，今后你就继续下去吧。

但是我没那么做，为什么呢？

可以说是因为时机还未成熟。我确实不想断绝与惣领的来往，为什么调动了工作，我就不能见她呢？

这里面有实质性的问题，即编辑和作家到底是什么关系？

编辑和作家不只是“有用”才交往

先说我的结论，编辑和作家不只是为了“有用”才交往。

编辑和作家的确是通过交往来工作，编辑拿到稿件，把它编成杂志或书籍，使之成为商品；作家通过编辑得到等价报酬。直说的话，编辑和作家是通过“买卖”稿件联系在一起的“商业伙伴”。

不用说，作家和编辑的关系并不是这么简单。

我在别的章里写过："作家和编辑不是点与点的联系，而是面与面的联系，也就是整个人格和整个人格相互碰撞，才会产生出什么。"

只把"有用"（"买卖稿件"）作为交往的理由，是最典型的"点与点的联系"。

与惣领交往时，我虽然是漫画杂志的总编，但更为重要的（在那之前也是），我是名叫大竹的一个人。我去见她，和她谈话，不会因为我调到编辑部以外的部门，我就不是我了。

我在调动工作后也经常和惣领联系。顺便说一下，前面写的 K 氏也一样，我们时时见面，我还留有当时的笔记。

一般来说，这是调动工作后与以前负责的作家如何交往的问题。

当然有不可逾越的"一条线"。说得极端些，如果调动后仍然不交接，一直以"责编"行动，那肯定会影响工作。即使不那样做，比如谈工作时自己非要参加，使新任责编产生混乱，这也是不应该的。调走的人理所当然要有"分寸"。

即使这样（或者说明知如此），编辑也应当更为自由，根据自己的兴趣和爱好去见你喜欢的人，干你喜欢的事。

说起来，编辑是为谁工作呢？是为出版社，还是为所属的部门？或是为上级？或是因为那是自己的工作？

我在前面说过，我曾从事过一段时间的新员工培训工作。我经常对他们说（我夸张地说，不怕误解，这是带引号的）："工作应是为了私利私欲。"

山口瞳在散文中写过大意是这样的一段话："嘴上说要把一切都献给公司的人，基本上是不正经工作的人。"这句话使我产生了强烈共鸣。因为我相信，人不会下力气干自己觉得没意思的工作。

K氏、惣领和我，在我调动工作后仍然一直交往，也许你明白其中的理由了吧。（我不详述了，这样的作家不止她们俩。我在少女漫画杂志时期认识的儿童文学作家，当时没有任何工作关系，我们长期来往，在我又一次调动工作后终于在一起工作了。我以后再说这样的例子。）

优秀的作家靠自身力量成长

我谈同其他出版社的作家交往，已经跑题很远了。我简单讲一讲那以后惣领的情况，结束这一章。

我调到研修科以后与她还继续来往，当然没有频繁见面。在三年后的1992年，我又被调到《别册FRIEND》任总编，回到了编辑部。

当然（可以这么说），我和惣领见面的情形就不一样了。据我手头的记录，我们从1994年开始频繁见面，逐渐把焦点转向请她为《别册FRIEND》画作品。我已经忘了细节，我记得到了一定阶段还为她配了责编。

我本身的工作变化了，要考虑如何出版以前没有编过的杂志。按我前面用过的词汇来说，就是“机会成熟了”。

1995年刊登《DOLL》后，她又发表了少女漫画时代的代表作《MARS》(1996—2000)，真是硕果累累。

不用说，我和惣领见面“谈工作”，仍然是不着边际的闲聊。(调到《别册FRIEND》之前，我们还一起去听单口相声、与电影字幕翻译家一起吃饭等。)

《MARS》 惣领冬实／著 讲谈社

在实现她为《别册FRIEND》画作品之后，我把具体工作交给责编，仍然和她一起喝酒闲聊。那是为什么呢？我已经说了多次，就不重复了。

我本来想稍微回忆一下与其他出版社系统作家的交往，结果写了这么长。我一边写一边触及到了编辑工作的实质，这也是我当初没想到的。

在那之后，惣领转到了青年杂志，创作以西欧历史为题材的作品，成了大作家。

编辑的力量是有限的，优秀的作家靠自身的力量成长。但是，我与惣领冬实这位出色的漫画家交往（只有很短的一段时间），对我来说是极为幸运的。

间奏篇

远离编辑部

调动还是改行？

我在前面也写了，我1989年从《少女之友》调到总务局研修科，是进出版社后的第二次人事调动。

第一次是少女漫画部门内部的调动，而这次是和编辑完全没有关系的部门，而且是从总编变成“副科长”，即所谓“降级”。如果说我没受刺激那是假话。

因为这本书不是为了写工薪族的生活指南，我就不打算深谈了，只写一个“笑话”，与其说是受刺激，不如说是大吃一惊。

那是到研修科上班的第一天。上班时间是九点半，总务管理部门与经常深夜加班的编辑部不同，是正常时间上班。由于是第一天，我还早到了十分钟。结果……

令我吃惊的是，其他人都已在座位上。我刚坐下，女性临时工就给我轻轻递上了一杯茶。

我吓了一跳，这难道是同一家公司吗？

一般来说，只要变换部门，一些相应的习惯也会变，并不奇怪。可是出版社有其特殊之处，我所在的公司又领域广泛，这种“调动”近似“改行”。我从其他员工那里也听到过类似的感想。

不管怎么说（即使没有那么极端），变换部门精神压力很大。编辑部内部的调动还好说，调到完全无关的部门，像我这样本来就对总务人事部门或营业部门有抵触的人，甚至会出现拒绝上班，或辞去工作的情况。

我不打算谈一般工薪族的处世哲学，我的意见是，应该先去新的部门干一下试试。

首要的是“自己”

理由有二：

一个已经说过，从别的角度看自己的工作很有必要。

编辑部以外的部门，只要是相同的出版社，肯定会有某种联系，即使完全无关，在那里“怎么看原来的工作”，了解这一点并非无益。

而且销售和业务等部门与编辑部是紧密的表里关系（也许基于这一认识，有的出版社规定，编辑一定要到销售和业务部门工作一段时间）。

还有一个理由，夸张一点说是：“什么是工作（的方法）？”

我在前一章说过，编辑是为谁（为什么）工作？不是为了公司或上级，也不是因为这是工作，而应该“为私利私欲工作”。

我认为这不限于编辑，可以指所有工作。

我知道有人会指责“这纯粹是歪理”。但工作不在外部，而首先在自己。不是外部强迫你干，而是自己如何把“感兴趣，觉得有意思的事”与工作相连，这难道不是最重要的吗？

换句话说，不是把自己套进哪个部门的“框子”里（当然我不否定每个部门都有本职工作），而是你如何把那个“框子”拉近自己的兴趣，如何把“框子”（制约）与自己结合。

让工作有意思或让工作没意思，都因自己而异。

当然，不用说，人各有特性，有是否合适的问题。也许有人无论如何干不了某种工作，待在那个部门非常痛苦。

如果是那样，就应毫不犹豫地与上级或人事部门商量。我不是说哪怕把身体搞垮，也要坚持干自己不喜欢的工作。重要的是自己，自己比工作重要，仅此而已。

离开一下并不坏

回到我自己的话题上。

刚开始时我什么都不懂，完全不知所措（好像进了另一家公司）。还好，我逐渐适应了新部门的工作。我在前面写过了，我继续和其他出版社系统的漫画家交往。

因为远离本书的主题，我就不详述工作内容了，反正是我知道了我在漫画编辑部不可能知道的人和事。

我参与录用和培训工作，和社内外的许多人建立了联系，这成为我日后做编辑工作时强有力的武器。（说句题外话，当时讲谈社接收了从中国、美国、英国等国出版社和大学的研修生，由我负责。我现在还与在美国讲授日本漫画的大学教授、与中国出版社的人交往着。）

我在研修科整整工作了三年。再次调动时，我当然有一些想法，说我不想早回编辑部是假话。回想起来，这三年非常宝贵，我学到了很多东西。

远离一下编辑部并不是坏事。

我没门路！——录用考试的真假

我在前面写了，研修科的工作内容与本书主题无关，我不打算详述了。可我想到这本书的读者中也许有人想当编辑，想进出版社，我就简单写一下录用和面试。

正如前面所说，我是 1989 年 6 月调进研修科的，那年年号从昭和变为平成。当时没有因特网和电邮，录用方式也与现在不同。

当然不能从网上下载应试文件，连中间的面试结果也要一个人一个人打电话。（现在是电邮。那时打电话肯定会有几个学生联系不上，找到他们很辛苦。）

还有，每个公司录用人的方法不同。特别是出版社，有时不定期招人，录用人数和工作内容也五花八门。

所以，我在这儿讲的是一般性内容，主要是为了解开应试生中的“误解”，我集中讲三点。

首先，第一点是“走后门”问题。

我经常听学生说“反正是靠后门吧”。几年前，某家著名出版社规定：应试必须“有人介绍”，引起了很多议论。

但是，至少我所在的出版社没有靠“门路”录用的情况。我作为“内部”的人士可以断言。

的确，每到招人时期，公司的各个部门都会有许多人来问，也有人“介绍”，比如“某作家的儿子打算参加考试”“她是客户的女儿”等。我们当然会说明情况，必要时还会直接与本人见面。但那是为了说明“录用程序和方法”，没有以外的话，甚至还会告诉对方：“我们不能走后门录用。”

事实上，有一年连社长介绍来的应试生也没有得到照顾。我当时很感动，觉得这是“真的公平”。

我想每家公司都会有这种情况。公开招聘的话，应征人数会超过行政处理能力，即使像那家著名出版社必须有人介绍，也不会优先照顾“有门路”的人。因为公司最优先的是招聘优秀人材，如果不那样做，受损失的是公司自身。（我认为，根据规模和企业情况，也不能完全否定所谓“门路”。）

“创造性的工作”是一种误解

第二，“创造性的工作”是一种误解。我们问应试生：“你为什么想进出版社呢？”很多人回答：“因为那是创造性的工作。”也许在他们的脑海里，银行或政府机关人员每天都对着桌子（这种想法本身就有问题），而编辑的工作一直在活动，是创造性的。

这是假的。我想至少是巨大的误解。从一开始就不存在什么“创造性的工作”，只有“创造性的工作方法”。

我在前面也说过，遗憾的是，我看过不知多少不是创造性的编辑工作，只是委托撰稿，等作家稿子写好了去取，然后交给印刷厂，成为杂志或书籍。

换句话说，不论什么工作都可以按例行公事去做，也可以想方设法发挥“创造性”，工作中有无限的可能性。

我不相信，做出版（编辑）以外的工作发挥不了创造性的人，在出版（编辑）工作中就能发挥创造性。

面试不是“考试”

第三，我最后想说的是，面试不是考试。当然，我们说录用考试有笔试和面试。面试结果，有人通过了，有人没通过，的确是一种考试。我说的是面试不同于英语和数学，没有正确答案。

近来信息过量，面试指南这类的参考书泛滥，书里的“标准答案”都是些一成不变的“模范答案”。

但是，我反复说，我们（主管面试方）要求的不是“正确答案”，不是“回答”，是“对应”。

这是理所当然的吧。比如说，对“你为什么报考我社”这一提问，就不会有正确答案。你只要如实地说出自己的心情就行了。

如果书上说“这样回答有利”“这样能给面试方好印象”，我只能说那是废话。我们想知道的是这个人的为人，换句话说，是我们愿不愿意和这个人一起工作。

另外，即使掩饰自己，也马上会露馅。不紧张，不摆架子，如实地表现自己，是面试的“诀窍”。千万不要误认面试是“考试”，不要依靠什么“倾向和对策”或“参考书”。（顺便说一句，我负责录用期间，有个学生说了绕口令考上了，结果马上就有“面试时得说绕口令”的“信息”在学生当中流传，甚至出现了“不会说绕口令就考不上”这样的谣言。哪儿会有这样愚蠢的事？那个学生正好谈到绕口令的事情，我们说“那你试试”，他就说了。即使他那时不说绕口令，也不一定考不上。）

还有，合格与否是根据面试方的判断。要在短时间内面试多人，有时分几组进行面试，留下各小组名次好的几人加在一起，进入下一阶段。我所在的公司基本是这样做的。最重要的是当场的评价和感觉。

“实现自我的欲望”的“魔力”

我在研修科工作了三年，回到了编辑部。在那之后，我也越来越强烈地感到，学生（应试生）中那种可怕的“实现自我的欲望”的“魔力”。

“我想编这样的书。”

“我想干这个工作。”

也许你会想，这样强烈表达自己的愿望有什么不好呢？

其实不能否认，我们（录用方）也要求学生的回答有“强烈的应试动机”。

但是我认为，那与某种危险的“狭隘思维”只隔着一层纸。有这样的情况：即使顺利地考进公司，由于过分在意被分配的部门，与周围的人产生矛盾，甚至很快辞职。

重视自己想干的事当然无可非议，可是自己往往注意不到自己的可能性和适应性。特别喜欢漫画的人，非得当漫画杂志的编辑不可，可被分到女性杂志后，也会干得非常漂亮。这种例子很多。

公司和职业都是这样。在二十多岁时没考进自己想进的公司（或从事某种职业），根本没必要认为人生就完了。在自己所在的地方，竭尽全力去干就不会有错。应该更自由灵活地面对自己无限的可能性（这与前面讲的人事调动问题相通）。

据说在欧美社会，大学学的专业与职业有密切关系，有人会觉得像我这样毕业于法律系的人，去当编辑很奇怪。但是，欧美的学生可以在大学期间休学去体验各种生活，然后又回来上大学；或者是工作一段时间后再上大学，这些都不会成为不利的条件。可以说，这一点远比日本宽松。

日本社会没那么自由，就像被谁追赶着一样，一上大学马上就要考虑就业问题。而且在年轻时短暂的时间内，要决定自己的“将来”。说严重一点，如果没决定好，结果甚至难以挽回。说起来，我们对造成这种不自由的狭隘社会也有责任。

第三章

书籍是异样世界

1

认为书店里有书是幻想

第一次编书

我在讲谈社工作了四十二年，大体说，除了三年总务（研修科）作为间奏，前二十年编少女漫画，后二十年编童书。

1996年，我从《别册FRIEND》编辑部调到儿童局幼儿图书出版部（当时的名称）。

那年2月号杂志登载的作品出了大问题。9月，与正常调动时期不同，我以引咎的形式收到调令。我从总编辑调为出版部部长，这是我第二次“降级”。

与前一次不同，这次是在编辑部内调动，没有“改行”那种冲击，但是从某种意义上来说，我受到了更大的冲击。

这是我第一次编书籍。

说起"编辑"，它的内容是不一样的。《少女之友》和《现代周刊》的编辑方法不同，杂志和书籍更不同。

据说书籍编辑每个人都等于总编，据说书籍编辑周期长，据说……

我当然对此有精神准备，这些作为"知识"是可以理解的，但是作为"经历"意义则完全不同。

我的"经历"是这样的：

样书出来了，只等着往书店里摆

调到幼儿图书出版部（绘本出版部门）后，我编辑的第一本绘本是《老鼠奥妮是什么颜色?》，翻译自德国作品。因为编辑要同时进行多重策划，所以很难说哪本是"第一本"。说这本书是我第一本上市的书，应该不会错。版权页上首印发行日期是 1997 年 7 月，是我调动后不到一年。

一般来说，内容不需要从零开始做的翻译出版，适合让新手（没经验的人）做。但是我不会德语，又不懂绘本，完全依靠有经验的翻译家 S 女士，她翻译过恩德等人的作品。

现在回忆起来还觉得脸红，我就不说工作的详细内容了。好不容易校完末校，只等发售。

书籍和杂志不同，发售日规定得不死。从开始策划，就决定大致的出版日期，然后以此为准工作。推迟进度、变更预定的出版日期是常事（我后面要写这是多么严重的问题）。

在样书出来的阶段，销售部门就会告知我们何时可以上市等。

就像我写过的，我“第一次工作”的作品成型时（样书）兴奋不已。即使自己是个不怎么样的编辑，也暗中得意。

没书！

当天（从批发到书店需要时间，不能像杂志那样全国同时发售。我找了个估计没问题的区域），鼓起勇气转了几家书店。

可是，没有那本书，哪儿都找不到我的第一本绘本。

我没有留下准确的记录，我记得我转的都是大书店，像纪伊国屋呀、三省堂呀，都是儿童书非常多的地方。

可是没有，不管我怎么找。终于，我在第四家书店的书架上找到一本（竖着插在别的书中间）。

我很惊讶。新书在发售当天书店里竟然没有！这是怎么回事？

冷静地想一想就没什么奇怪的了。我的记忆也许不准确，这本翻译绘本首印大概是四千册。

按照现在的感觉，这也许相当多了，但在当时是最底线。这是“世界绘本”系列中的一册，系列中比较看好的印五千到六千册。

即使这样，四千册的话，一家书店放一册只能放四千家书店。

当时日本全国有一万五千至两万家书店。换句话说，首印就是一家放一册也需要一万五千册以上。仅有四千册的绘本在全日本销售，几家书店里没有并没什么好奇怪的。

那是“幻想”

不用说，我的“惊愕体验”是因为我以前在杂志社工作，而且那些是定期发行的杂志。

进公司后，我所属的杂志每月在固定日期肯定会摆在书店显眼的位置。《好姐妹》是每月 3 日，《少女之友》是每月 5 日和 20 日，《别册 FRIEND》是每月 13 日。我几乎每天看着堆积如山的杂志减去多少而亦喜亦忧，这种习性已沁入身心。

刚开始时，我对这种情况还笑着说一句“哎呀，吓我一跳”什么的，等我慢慢懂得书籍领域的事情后，才注意到了其实这里面有极其重大的问题。

不，与其说是书籍领域的问题，不如说是整个出版界的问题。

平时，我们编书（出版书）就认为书店里会有那本书，想买书时就去书店。那时，日本还没有亚马逊书店和网购。一般人会这么想，我也一样。

可是，那只是“幻想”。

实际上，看到新刊广告去书店买却没有。我在《与其他出版社的作家交往》那节里也写了，要找到已出版的漫画也极其困难。我虽然经历过这种事情，但到了自己是出版方时就忘了，说明我多么轻率。

这种“幻想”破灭后会怎样呢？也许换句话说比较好，我们（当时）的许多编辑和出版活动就是建立在这种“幻想”之上啊！

读者看不到书就没有开头

销售部门经常对编辑说：那本书没意思，所以卖不出去；或是书的内容与其他同类书相比不太好（卖得不好）。

不用说，这是读者读了这本书后给予的评价，如果没有这个前提，这种议论就不成立。

如果读者看不到书，什么都开始不了。

我（我们）一直以为，只要编辑出版了这本书，书店里就会有。读者也认为，只要想买这本书，去书店就能找到。

好像事情并不是这样……

那以后，我从编辑一直干到部长、局长，经常与销售部门一起讨论如何使“读者看到书”。

这是发行问题、宣传问题，也是举办活动的问题。

说到底，与书籍有关的工作几乎都倾注在这件事上。

也可以说，对于这个重要问题，我们到现在也没找到好方法。

这是“整个出版界的问题”。我先谈一谈杂志，算是画蛇添足。

与书籍相比，杂志到了发售日就会摆在书店里。最近，由于出版环境变化太大，连杂志也不能等闲视之了。

书店急剧减少，便利店的销售标准愈加严格，杂志与读者见面也不那么容易了。有些销售情况较好的杂志（现在竟出现了只有数千册发行量的漫画杂志），如果错过了发售日，马上就会从书店里消失，再也买不到了。很多想买杂志的人都有这种经历。

这与数字化等社会环境的变化有关，不是几句话能说清楚的。可以说，不论书籍或杂志，出版业迎来了重要的转折点（或者早就迎来了）。

就这样，我开始了书籍编辑的工作。我在下面就介绍一下在这个“不同世界”的一部分工作。

2

你敢吃蟑螂吗？

——科学绘本《你身体里的脏东西学》

我记不清什么时候了，有位年轻编辑问我："你有几本这样的书？——如果没有我就绝不会有的书。"

我要是能回答"全都是啊"那当然好，很遗憾，不是这样。

"如果没有我"，那当然得从策划、提出选题的阶段起，都是一个人干。可是，并不是这么确定责编的，有的是按工作程序定，有的大计划还要分工。

上一节写到我编的第一本绘本《老鼠奥妮是什么颜色?》，也是我调动后暂时没事干时，部长交代给我的。当时，我同时进行的其他项目也是接替调出去的老编辑。在未知的领域，要拿出自己的选题策划很困难。

在这种情况下，虽说是翻译绘本（严格说不完全是

《你身体里的脏东西学》 希尔维亚·布兰西／著
杰克·克里／绘 藤田纮一郎／译 讲谈社

“我”策划的)，《你身体里的脏东西学》这本美国绘本，假如允许我夸口，是我调动后不久出版的（1998年），也可以说，如果没有我就出不来这本书。

我想简单写一下这本书的出版过程，我从中得到的教训也许可以供读者参考。

从闲谈开始

我第一次听说这本书，是我来往于少女漫画编辑部和绘本编辑部时（工作调动后需要交接，短期内要在两边都有办公桌）。

当时，有一位熟识的电影工作者正在策划漫画与电影的合作，我告诉他："我要调到绘本编辑部去了。"他说："美国有一本全是写脏东西的绘本，好像成了畅销书。"即这本《你身体里的脏东西学》的原书*Grossology*。

当时，这只是闲谈中的一句话，我听他这么一说也就过去了。他因工作与好莱坞有联系，公司里也有美国人，所以知道了这一信息。当时在日本并没有引起人们注意。

在那以后，我又一次听到这本书的事是和他在一起喝酒，他公司的美国人也在场，我更详细地了解。书里有很多"大便和呕吐"，封面还贴着立体的呕吐物，引起了人们的兴趣。

我们只是谈了些"美国什么都敢干啊！"这类莫名其妙的感想，话题就转到别的事情上了。但我当时得知那本书的内容是"非常正经的科普绘本"。回想起来，这一点也许吸引了我。

如何决定计划？

我在前面写道："在未知的领域，要拿出自己的选题策划很困难。"我简单地写写如何决定出版计划。

也许是理所当然，一般来说，出版计划是会议上讨论决定的（我听说有的编辑部不开会讨论，反正我没经历过）。计划会议的内容和开法，因编辑部的文化氛围或总编的个性，千差万别，难以一概而论。

当然，总编拥有决定是否采纳计划的权限。有的总编不问青红皂白，就对提上来的计划画圈或打叉，有的总编则倾听全体人员的各种意见后决定。

后者，有的总编只是把意见作为判断的参考，有的总编则在大家的讨论时把它变成新的计划（形成新的计划），不是简单划一的。

说到我自己，我没有侍奉过独断专行的总编，自己当了总编以后，也尽量听取大家的意见，经过讨论后再决定。说句多余的话，有决定权意味着要承担责任。让其他编辑理解采用与否的理由，并不容易。不是可以根据自己的好恶决定的，可没那么悠闲。

出版计划的写法也各不相同。听说有的编辑部有固定格式，我经历过的编辑（出版）部门没有那样的东西。

有的人在稿纸或公函纸上写上题目、主题、目的等几行字，有的人还认真附上参考资料。

当然，写得密密麻麻并附着参考资料，比草写几行好看，但也未必是好计划。这很有意思。

有时，大家对只有几行字的计划提出各种意见，使它成为出乎意料的好计划。（我认为，从这个意义上来说，大家在讨论计划的会议上各抒己见再决定，是个好方法。）

顺便说一句，什么事情都有例外，并不是所有计划都是在会议上决定的。

编辑们除了在会议上，还可以随时与总编商量，比如说某作家提出想写这个。（刚才说的“不开会讨论的编辑部”，大概这种情况是常态。）

越看越……

离题的话说太长了，回到绘本上。

就是说，我想起随便听到的那本“脏绘本”，是因为编辑部的出版计划会议。

我记不清我是提到会上讨论了，还是个别找总编说“有这么一本书”，不管怎样，当时我在一无知识二无经验的领域，想方设法要拿出像样点的计划，有一点可能性就像抓住了救命稻草。

当时讲谈社有纽约办事处，恰巧里面有我的熟人，我就给他写信，让他弄到那本绘本。不用说，光听传说不看实物是不行的。

我前面说过，我调到儿童局是 1996 年 9 月，我看手头的笔记，11 月就请前面介绍过的朋友公司里的美国人摘译了书的一部分，说明我为了拿出出版计划多么焦急，稀里哗啦就开始了。

我拿到这本*Grossology*时，马上觉得这是一本了不得的书。

首先让我大吃一惊的是前面说过的封面，画面是小孩在呕吐，吐出来的东西凸起，即贴着橡胶和塑料的立体呕吐物。（顺便说一下，在日本不能这样做书，杂志和书籍的封面规定必须平坦。这本书的日语版封面是正常印刷。）

然后是画面扎眼。的确是美国味啊，色彩极为强烈刺眼，还有变形处理……与日本人的兴趣相距甚远。

更使我惊讶的是，文字量如此之多。读者对象是孩子，又是绘本形式，可文字密密麻麻，不愧是“科普绘本”。

我觉得有意思（准确地说是看起来有意思）。

凭我靠不住的英语隔三跳四地读了一遍，目录里有大便、呕吐物和小便等，还有女厕所为什么排长队等解说专栏。

有人说孩子喜欢大便呀、放屁呀这类书，这本书的内容是正经的科普读物，作者是当过理科教师的自然科学作家。

我想，这本书有意思，值得出版……

这画可有点儿……

我已经说过，为了了解内容，顺利通过计划会议，我先找人摘译了一部分。可那以后就困难重重了。

最大的问题是画。

“有意思是有意思，这画可有点儿……”

包括总编，所有看过书的人几乎都异口同声。

不适合日本读者，也就是说卖不出去。

这可不好办了。我没有坚决反对的理由，说不出“不会那样吧”。

而且，根据我在少女漫画编辑部工作时的经验，懂得读者对画有喜欢和不喜欢之说。

说实话，如果有人找我商量，我的感想也许相同。

即使是这样，我也不能说“哦，是吗?”，然后收回我的计划。说句题外的话，在编辑会议上被人反对后，有的编辑马上就收回。那你一开始就不该拿出来。一般来说，不可能有无异议或无反对意见的计划，关键是你如何说服别人。如果真是自己想编的书，就应该坚持到底。事实上，有的计划多次被否决后，还是不断地提上来，在这一过程中，计划本身得到了锤炼。我就听说过，最后总编说：“你都说到这分上了，那好吧。”结果成了畅销书。

这不是别人的事。不说服总编，计划就通不过。我怎么办呢?

画的好恶是感觉问题，没有正确答案，争论道理没用。

我想，那我去听听别人的意见吧。不仅是编辑部，我还找到相关部门（销售等业务部门），结果他们的意见一样，还是日本人不喜欢……

那我就问读者

剩下的路只有一条了。我想，那就问问读者。我提议召开一次“读者试读会”。

说是试读会，并不是大规模的会议。我朋友的孩子正好三四岁，我就拜托他夫人，召集了几位年轻的妈妈。（绘本的读者对象是小孩子，而出钱买书的是父母或者是祖父母，即大人。读者和购买者不同，这是儿童书的难点。）

根据我的记录，试读会是第二年1月末召开的，地点在朋友家的客厅。

聚集了五六个妈妈，我让她们看了我带来的绘本（原书），说明内容后征求她们的意见。

我主要的目的是想看看她们对画的反应。召集一次不容易，我还顺便问了定价多少钱你想买、这书怎么卖好等问题。我提问时请她们随便谈谈自己的感想。

结果……还是应该听取“读者”的声音！她们对封面的立体呕吐物果然惊讶，可是都说：“我以为画会更刺眼呢。”“我没觉得有什么不好。”并且提出了宝贵的建议，比如定价在两千日元以内好，强调“在全美畅销”好。

现在可以说，这次试读会是一次非常危险的“赌博”。

“这画确实是不太……”假如这种意见占大多数，社里人会说“你看，我没说错吧”，那就万事皆休了。这次试读的结果，使我松了口气。这是我当时真实的心情。（其实，如果结果相反，我也不会放弃这个计划，我会寻找甚至捏造其他理由，想方设法在会上通过，因为它的确是我想编的书。）

找畅销译者

我好不容易召开了“试读会”，那出版计划就能通过了吗？世上的事没那么容易。

“嗯，开试读会还没死心呀。”我不知道当时的总编是不是这么想的，等待我的是下一个跨栏。

找译者。如果你能找到“畅销译者”，这是总编给我提出的新条件。

也就是说，你得想办法不亏本。想一想，这是理所当然的条件。日本人不喜欢这种画，换句话说，和“卖不出去”是一个意思。

我们不是业余办刊物，也不是从事慈善事业，我们是商业出版社，不论多么有出版价值（或是那么认为），都不能无视利润核算。这种“文化性与经济性”是出版业不能摆脱的永恒主题。关于这一点，我在别的章写。（在这个意义上说，我前面写过决定权虽然在总编，但社内手续上需要计算成本是多少，预计销售册数是多少，不达到一定标准，就得不到正式批准。我在后面还要谈这一点。）

那么“畅销译者”是谁呢？

如果是小说，我还了解一些，村上春树呀，东野圭吾等，确实有“畅销作家”。（即使不到“畅销”这一步，具有一定畅销程度的作家都有固定的读者群，这种计划比较容易通过。童书领域也一样。换句话说，这本书的画也好，内容也好，都是“第一次”，风险很大，得找个“靠得住”的柱子。）

所以说到底，还是得找“畅销译者”。

当然，柴田元幸、村上春树等作家，他们的译作也很畅销。但那是大人的文学书籍，我要找的是“科普绘本”的译者。

按常识来考虑，没有这样的人啊。我想的是启用“有名气的人”。

简单说就是利用作者的名气，用知名度制造话题。

也许有人觉得我胡来。翻译作品总是有办法的，可以让会外语的人先译出来，专业部分可找“监修”。

这与在腰封上写“某某人赞不绝口”，用有名的人做宣传是同一种想法。当编辑的确要想很多办法。

实际上，必须考虑译者与书的内容是否合适（再有名也不能请约翰尼乐队的歌星吧），我列出了为数不多的几个人的名单，其中有总编建议的，也有我加上的。我不具体说了，我还请人替我询问过这些人的意向。

但结果很不理想，有的是对方不愿意，有的是我自己不满意，没有找到既有知识性又有强烈个性的译者。

藤田纮一郎教授

就在我不知如何是好时，遇到了最终成为译者的藤田纮一郎先生（当时是东京医科齿科大学教授）。

我记不清准确的时间了，我好像是在周刊杂志上第一次知晓这个名字。

当时，藤田先生取了个“蛔虫博士”的绰号，从免疫学、寄生虫学的观点出发，对现代社会的“清洁志向”敲响了警钟。

太清洁是危险的，也就是说“脏”很重要。我想，这个人很不错嘛。

就像模糊的影像终于对准了焦距一样。总编也同意了这一人选，说："他同意就好了。"

是的，问题就在这儿。

对方是大学教师，与绘本完全不是一个领域。而且我一查，他在我社别的编辑部已出过专业书籍，即社里有别的责编在推进其他的出版计划。

就算没这事，他似乎也是大忙人，他会答应翻译绘本吗?

细节我就不说了，其实是记不清了。我找到了社内负责藤田纮一郎的责编（学术书，极专业的书籍编辑）。我于那年9月初，前往医科齿科大学藤田研究室。

现在新建了漂亮的大楼，那时的研究楼极为破旧，楼内昏暗，教授的专业是寄生虫，从走廊到研究室摆满了寄生虫标本。说实话，令人毛骨悚然。

我很紧张。与迄今为止无缘的领域的人初次见面，还不知他接不接受我的工作。而且这氛围……

结果就不用说了。藤田纮一郎译的绘本出版了，他对出版的意义强烈共鸣，马上答应了。我省略细节，我们商量得非常顺利。

但是有一件事深深留在我的记忆中，在我进入正题之前，我写一下吧。

我对许多人都说过……

我走进研究室，映入眼帘的是会议室常见的那种长条桌，桌上有个很浅的小盘子，里面好像有什么吃的东西。

教授说，他刚从中国回来，到中国各地调查饮食文化，看看人们吃的是什么，能弄到的食品都带回来了。

“有好多珍奇的东西。”

藤田说完，若无其事地问我：“怎么样？你吃不吃蟑螂？”

原来盘子里的东西像是蟑螂。中国人吃蟑螂？

他还问我吃不吃。

那时，如果说我不想呕吐是瞎话。但是，我瞬间在脑海里出现的是不能在这儿输掉。

夸张地说，我当时的心情是不能让敌人看到我的背，不能被对方的气势压倒。

“我吃啊！”我接过助手准备好的小碟子和筷子，把蟑螂和另一样东西（我忘了是什么）放在碟子里。好像是炒的，又像是煮的，我搞不清是什么。

我吃了。味道有点儿辣。

虽然不是咂巴着嘴说“真好吃啊！”的东西，但也不特别难吃。世上的确有很多东西，只要吃一口就想吐出来。

藤田教授笑眯眯的。

“没事啊，这是水蟑螂，虽然和普通的蟑螂模样相同，可是住在水里。”

他帮了（?）我一把，也许是我的表情他看不下去了……（你早点儿说呀！）

这时，我如果不吃蟑螂，藤田教授会不接受我的工作吗？那当然不会。他是对原书的内容产生了共鸣，认为出版有意义才痛快答应的。

尽管如此，我也觉得人在某一瞬间的判断极为重要。从理论上难以说明，那只是一闪念。

谈我自己的爱好，我有点儿不好意思。有一个名为“明乌”的落语（单口相声），说的是父亲教训老实巴交不知玩耍的儿子：“像你这样做买卖，（你要是继承了这个商店，突然发生了什么情况）你的刀锋太钝。”不论什么工作，与对方交锋的“刀锋”不能钝。

藤田教授加了一句：“我问过不少人，真吃的人只有你一个。”

我当时觉得，这项工作可能会顺利。

鼓舞人心的偶然

写得太长了。下面的事就简单写写。

1997年9月初顺利地确定了译者，1998年5月出版，可以说进展相当顺利。考虑到教授繁忙的日程，这近乎完美。

我说简单写，结果又要说点儿多余的话，很不好意思。关于翻译，有一个有趣的内幕。

有天晚上，我接到一位住在波士顿的日本女性的电话。我偶然自己接了电话，她也没指名打给我。

她说，这儿有本很有意思的热门科普绘本，希望能在日本出版。不用说，就是那本*Grossology*。

太偶然了，我很惊讶。我告诉她正准备出版呢，她也很惊讶。我们聊了一会儿。原来她是医学专家。那好，我就请她帮忙做前期翻译，为了减轻繁忙的教授的负担（在版权页上注明她协助翻译）。

后来，藤田教授非常认真地对照原文，仔细修改了前期翻译的细节，我不知道是否真的减轻了他的负担。

但是这个电话使我特别高兴。有人想的和我一样！仅此就好像有了可靠的伙伴，增加了我的勇气。（顺便说一下，后来我和这位女性继续保持联系，还请她翻译了几本绘本，其中一本还得了某儿童文化奖的翻译奖。)

成为“长销书”

虽说翻译很顺利，但是如何给这本80页的绘本定价呢？翻译后文字量大增（英语译成日语一般长一倍半），如何放进现有的页数里？等等，我面临几个难题。

帮我解决这些难题的，是喜欢这本书的业务部门和装帧家。回想起来，我幸运地得到了不少“同伴”。我在别的章节还要谈这一点，为了干自己想干的事，增加同伴很重要。

不管怎么说，我成功地完成了总编交代的找“畅销译者”的任务。

藤田教授“向超清洁社会敲警钟”的想法，与这本书的观点吻合，他在各种场合宣传这本书。有家周刊在绘本发行前进行了报道，结果电话不断，给销售部门造成了混乱。

发行后，我全面协助宣传工作，还借用了漫画杂志的力量，到提出要求的小学去演讲（当然在现场销售绘本）。

结果一炮打响，首印七千册当年就加印四次，共两万四千册，现在已累计十五刷四万五千七百册（2019年），成为长销书。对于编辑来说，没有比这更高兴的事了。

以上是《你身体里的脏东西学》的编辑始末。

制订出版计划的点子无处不在（开始于喝酒时的闲谈），先入之见最靠不住（读者并不讨厌那种画），我从实践中得到了经验。后来我又得意地出了续篇《动物的脏东西学》《你身体里的脏东西学（真恶心篇）》。老实讲，都没成功。畅销书不是那么容易就能做出来的。

3

为什么不按时交稿？——井上厦的《把日本国宪法告诉孩子》出版经过①

回想起来

我在前一章写过，《你身体里的脏东西学》是翻译作品，严格说不是原创。从这个意义上说，这里介绍的《把日本国宪法告诉孩子》，从最先偶然想出来，到写计划书全是我自己做的，可以说是不折不扣的“原创出版计划”。

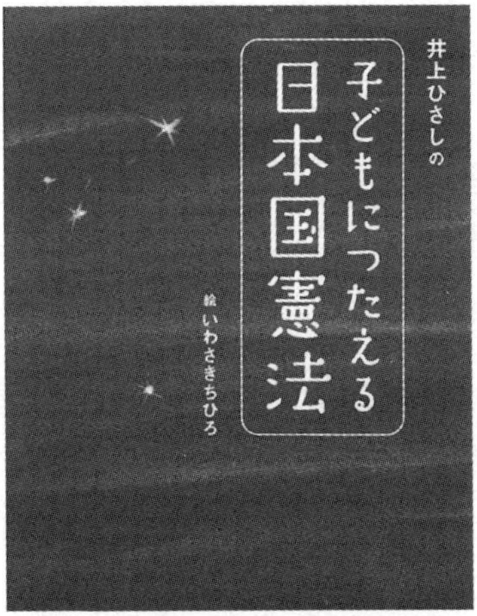

《把日本国宪法告诉孩子》 井上厦／著
岩崎千寻／绘 讲谈社

可是，这回我没有直接参加编辑工作。因为从约稿到作家写完，花的时间太长了，我已离开了编辑岗位。我写一下这个过程。

话虽这么说，我却记不清从何时开始这项计划了。

书出版时，我接受了采访，因为记不清，只好说个大概数，“十年左右”，这不太准确。

我本来就不勤快，也没留下什么笔记，已经记不清是什么时候给井上厦写的约稿信。

这次为了写书，我想把它搞清楚，就找出了当时的日记本。在我进入正题之前，请陪我猜猜谜吧。

我是什么时候想到这个出版计划的呢？因为没有记录，只好用零碎的记忆作线索。

一个是下班后，我一人到小酒馆喝酒时。我想这是调到绘本编辑部不久的事情。

我在上一章也写了，我调到毫无经验的部门，拿不出出版计划，非常苦恼。

我醉醺醺想不出什么正经事，可能左思右想的是绘本到底是什么，自己想编的到底是什么书。

我猛然看到柜台上的报纸，上面登着有关宪法的集会（是什么集会我不记得了），还有井上厦的照片。

不用说，关于修改宪法的议论不是最近才开始的，自 20

世纪90年代末起，要“修改宪法”的势力日益强大，这也是我不得不关心的问题。

如果编大人的书，我可以编这个选题……当时我是这么想的吧。

我突然想到，能不能把宪法和绘本结合到一起呢？我已经记不清这是当时还是过了一段时间后想出来的。

如果说我是因为苦恼，勉强把两个东西结合在一起，那我也没话说，可我当时的心情是源于“出版计划”，这是不会错的。

我手头1999年的日记里，10月21日那页写着“绘本日本国宪法”。按常识讲，这一天或是前一天我在小酒馆，如果是那样，我已经调动三年了，那前后也没有记录。我现在也搞不清前后发生了什么。

“奇迹”电话

我还记着一件事，我给井上写约稿信，估摸他收到时给他打了电话。（顺序有些颠倒，我想编《绘本日本国宪法》，可是信的内容是“把宪法译成孩子们能理解的现代语言”，在议论修改宪法或维护宪法之前，应该让人们广泛了解宪法。）

就像我前面说过的，我记不清具体日期了，只记得我和井上谈了博洛尼亚的事。

在意大利博洛尼亚，每年春季举办盛大的书展，讲谈社以儿童局为主派几名编辑参加。关于书展，我在后面还要详谈，我们是为了寻找国外的好书来翻译出版。

那年也派我去博洛尼亚，很快就要出发了。

我没有见过这位人气大作家，第一次给他打电话我很紧张。意外的是，他同意我信里写的内容，痛快地答应了。

那细节见面再谈吧，我要去博洛尼亚出差，回来时……结果井上对博洛尼亚很有感情，向我谈了将近一小时这座意大利小城的魅力，那时我还没去过（到了 2008 年，井上出版了《博洛尼亚纪行》这部名著）。

我 1996 年 9 月调到绘本出版部，1997 年 4 月第一次去博洛尼亚出差，1998 年没去，1999 年以后，除了 2003 年因伊拉克战争禁止去国外出差，我几乎每年都参加了博洛尼亚书展。

也就是说，这个电话最早也是 1997 年。我笔记上记的《绘本日本国宪法》是 1999 年，那打电话可能是 1999 年或 2000 年。

翻看当年的日记，2000 年 4 月我在帝国饭店见了井上厦，那以后的日记里他的名字明显增多。我们来往的传真都是 2000 年春天以后的。

从常识考虑，我1999年想到《绘本日本国宪法》，第二年3月给井上厦写信打电话，4月见面开动计划，但是……

我还是想不通，比如2008年井上厦在接受采访时说："我受委托是十年前。"（登在JBBY会报上），还有的传真记录上也有更早时期的来往。

进一步说，根据以后的经验来看，从博洛尼亚出差回来是4月6日，到11日就见面（我的笔记上写着）是否可能？这很有疑问。

不管怎么说，我没有认真记录不对，再"猜谜"就离题了，到此为止。

还有一件事，只能说是"奇迹"。我第一次打电话是井上厦本人接的。

当时我第一次给井上家打电话，以为平时也是他接，没有在意。其实不是这样，以后我不知打过多少次电话，他本人一次也没接过（都是秘书接）。

如果那时我没和他直接说话……这么一想（我是无神论者），我甚至相信，有什么力量在背后推动这个计划。

作家的截稿期

《把日本国宪法告诉孩子》是2006年7月出版的，如果从 2000 年 3 月算起也有六年时间了，确实时间不短。

本来一本书花几年时间并不稀奇。有时请某位流行作家写新作品得排队等待，等作品出来时已是多年之后。虽然难以比较，但是下功夫编的书花几年是很正常的。

不用说，“内容”比时间更重要。

实际上，的确有的“慢手”（作家）让编辑头疼。在少女漫画的领域里，因《玻璃假面》有名的美内铃惠，因为太慢了，到截稿时有三个编辑盯着她，在她工作的地方催促，一人负责当场照相排版，一人负责把稿件送到公司，还有一人负责收到后送印刷厂。

即使不煞有其事地举出少女漫画家的例子，当事人井上厦是自称“迟笔堂”的尖子运动员。（从这个意义上说，我实在太天真了，以为他答应写了就能拿到稿子。）

“迟笔”为什么让编辑头疼？

不用说，是因为有截稿期。如果没有截稿期，什么时候写好什么时候出版，不管你花多少时间也没任何问题。

刚才说的流行作家，约稿后排队等他有空时写，不知要等多少年，这虽然也不好办，但是不会胃疼。

最严重的问题是杂志连载，会造成“开天窗”的事件。

井上厦以“迟笔堂”自居，我想指的是戏剧而不是杂志（杂志编辑也一定很不容易），戏剧开演的第一天即是“最终截稿日”。

戏剧开不了幕，或是停止公演（连载的稿件即使有一篇来不了，杂志也不会停刊），那影响力可不是一般的事件。

主题与发售日

下面说一下《把日本国宪法告诉孩子》的截稿。

也许有人认为，书籍，特别是绘本，与杂志不同，没有那么严格的截稿期。稿子快完成时再考虑发售日不就行了吗？

的确，一般来说也许可以这么认为。

但是不管怎么说，还有销售时机，或者是好卖的时期。

举个简单的例子，比如有季节性的绘本，不在那个季节销售就没有意义了。圣诞节是12月24日，七夕是7月7日[①]，都是固定的，不能错过。

即使不那么极端（为了多卖书，说起来有点儿心酸），不论什么书，都要找理由，找好卖的时期。

而且“宪法的绘本”，本身就是不显眼的主题，销售要有什么由头，比如宪法纪念日、谈论战争与和平的机会较多

① 日本七夕节是在公历7月7日。

的8月，等等。

当然图书的发售时间与杂志发售日不同，有一定的幅度，也宽松一点儿，但是销售部门打算大力推销的书，对销售期要求很严。

社内外交

我又有点儿离题了。关于这本绘本，我在很早的阶段就开始与销售部门接触了。第一次与井上厦见面半年后的2000年10月，当时计划还没正式通过。

那时书籍销售部门有两个同期入职的朋友，一个负责童书业务（计算成本，决定定价等），另一个负责书籍的销售。

一天晚上，我约这两人去喝酒。我说，同期入职的人偶尔一起喝喝酒吧。其实，我正在考虑怎么向他们说明这个计划。

这种时候，同期的关系非常“方便”。在工作上，我们有紧密的联系，但现在不是正式谈工作，而是非正式的个人谈话。

我的目的当然是想听营业部门的感想和意见，同时，我虽然没说出口，也期待着和他们说：“怎么样？一起干吧？”“帮帮忙吧！”

我为什么这样做呢？一句话就是井上厦已经痛快地答应，与我也开始了传真来往，出版计划有希望通过。换句话说，如果计划通不过，那可不是开玩笑。

一般来说，在组织内部要想干什么时，增加同伴很重要，需要各方面的各种声音赞成你。编辑再热情宣讲出书的计划，得不到销售部门的支持也很难。先要“事前做工作”，抓住重点的销售部门（从这个意义来说，我很幸运，重要部门里正好有我的同期朋友）。

也许这种方法太日本式，有人不喜欢。可我认为，为了干成一件事，这绝不是羞耻的或应避免的做法，甚至可以说是必要的。（其实我还约过当时的编辑局长一边喝酒一边非正式地谈了这个计划。）

反正喝酒是喝对了，我有了信心，也得到了几项宝贵的建议。其中之一是告诉我，最好的销售时期是明年的宪法纪念日。

从一年到两年，又从两年到三年……

就这样，说得夸张一点儿，“迟笔和截稿期的悲剧”开幕了。

而且，我感觉良好，这项计划得到各方面赞许，还有人说：“既然出，全社齐心合力干吧。”我心存感激，没有退路了。

现在不是担心稿子写好了计划却通不过，而是有了热烈气氛，关键的稿子却写不出来，这可不是开玩笑。

幸亏（?）5月的宪法纪念日来不及那就8月，像前面说的，好卖的时机不止一次，一点点往后推（这也是书籍可变通的地方）。可是，一年变成了两年，两年变成了三年，我的压力不是一般的大。

比如千寻美术馆同意我使用插图。（与他们的关系问题，为了避免繁杂，我就不详说了。从我想到用岩崎千寻的画到正式决定，经历了许多曲折。）

我考虑到万一他们不同意使用插图就不好办了，所以在很早的阶段就细致地向他们进行了说明，并得到了赞同。他们根据美术馆的日程，还提出了希望出版的时期。可时间拖得越久就越不好说（由于拖的时间太长，他们甚至以为这项出版计划流产了）。

像这样来自社内社外的沉重压力写都写不完，留待后面再说吧，先往前写。

说起来，这本宪法绘本的稿子为什么写不出来呢？事情很简单，因为井上厦根本就没写。

为什么呢？是什么让作家“迟笔”呢？

忙。的确是这样，当时井上同时给几家杂志撰写连载，还写新剧本，同时还担任几个奖的评委。

但是，还有一个原因，那就是他的“完美主义”。

人们都知道，他写作品时要阅读大量资料，不全面准确地把握应该写的东西就写不下去。可以说这是动作慢的作家共同的特点。

正如前述，我约井上厦的是“把现行宪法译成孩子们能理解的现代语言”。在人们议论修改宪法还是维护宪法之前，应该谁都能读得懂宪法。我请他“翻译”成“现在的日语”。(顺便说一句，在这个阶段，暂定题目为《为了孩子和母亲的日本国宪法》。)

这本来是编辑大致的想法，“现代语译文”本身没有特别的意思，可是井上的想法不同。

如果彻底干

从我们第一次联系起已经过了半年，11月，他发来了传真。

“如果能用好的日语让孩子们懂得什么是‘象征’，其他都好办。”

两天后，他又说：“‘权利’和‘自由’也很难。这些关键的词汇怎么翻译好？”

也就是说，象征、权利、自由、和平、人权——如果原封不动地使用宪法中的这些词汇，就很简单，可那就没意义了。问题是如何把这些抽象的语言，改成生动的日常用语。

他说，“权利”和“自由”等本来是西欧的概念，日本没有。在明治时代，如何把“right”和“liberty”翻译成日语，福泽谕吉和西周等人下了很大功夫，编造出了这种不完整的日语，由此产生了现代日本的各种问题……

我不禁叫好。

作家就是了不起，井上厦不愧是大作家呀！

不用说，像我这样才疏学浅又马马虎虎的编辑，设想出

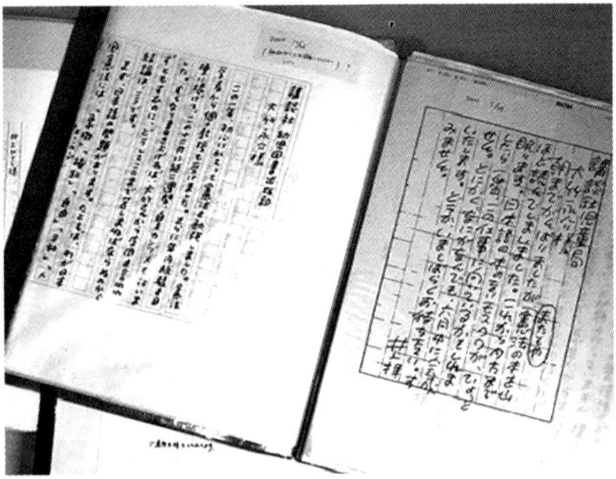

文件夹里是我与井上厦往来的传真

“现代语译”，并没觉得原封不动使用“权利”和“自由”有什么障碍，我只是想把僵硬死板的说法改成柔和易读的说法就行了……

但是，他的提示极为正确，这是具有根本性的问题。是啊，要理解宪法，不走到这一步就没有意义。(“立宪主义”“民主主义”等近代的普遍概念难以在日本扎根的现象，我们不知见识了多少。)

话虽这么说，这项工程量太大了，这也是稿子总写不出来的原因。

我从心底佩服井上厦这位大作家，但又想这稿子什么时候才能写出来呀？我感到茫然失措。

实际上，对于这项宏大的计划，井上厦自己说是“关系到日语历史根源的大问题”，不应该拘泥于“宪法的现代语翻译”，他甚至打算放弃。这时，已经过了2002年夏天。

当然，在这两年以上的时间里，我也没有袖手旁观，我后面还要谈这些。现在，你是否明白了，除了繁忙外，“迟笔”的主要原因是井上厦拘泥于完美主义。

4

跟踪不动笔的作家
——井上厦《把日本国宪法告诉孩子》
完成记②

有类似的计划

编辑如何对应这种迟迟不交稿子的情况呢?

如果是杂志连载，就像前面写过的那样，杂志发售日不能等某位作家的稿子，稿子不来，真的越过了红线只有停刊。所以从（常规）催促→陪伴催促（闯到作者家在旁边守着）→禁闭作家，还有争吵式的强烈催促。

可这些都是所谓短期决战，一旦过了这个时期，就像没这回事一样，只好用别的稿件代替，可以说，成为简单的事务性处理。

与此相比，书籍可以不断推迟截稿期，编辑的不同应对会产生不同结果。

你可以在想起来时打个电话，傻等稿子寄来；也可以等不及了就取消计划。取消的情况虽然不多，但是也有时慢慢不联系了，计划自然而然消亡的。也就是说，全凭编辑的“觉悟”，或是根据编辑的心情。

我本来就没打算放弃计划，不仅是因为社内外的“期待”(压力)，而且这是我无论如何都想编的书，这还与时代潮流有关。

宪法容易成为政治主题，但我的基本想法是，不论修改宪法或维护宪法，首先要读懂宪法。2000 年以后，政治动向急剧变化。

特别是以 2001 年美国世贸中心的恐怖事件为契机，日本国内通过了《有事法案》《伊拉克特别措施法》《国民投票法》等法案，都是性急的“先有结论”的做法，没有以“宪法”为准。所以我想应该编一本让大家重读宪法、重新思考的书。

而且，我还听到别的出版社有类似的计划。

现在，宪法的“现代语翻译”已经不稀罕了，还有什么大妈语译、口语译、方言译等五花八门的书。我给井上写约稿信时，还没有这些东西，所以他对我的想法表示赞赏。

也许有许多编辑和我一样，感觉到了什么，比如有一家历史悠久的综合杂志，登载了著名作家翻译的宪法序言（译自英语。听说开始时请井上厦译，他拒绝了），还有的出版社向读者征集“如果你写宪法前言”。出版界出现了各种动向（千寻美术馆告诉我：“有人申请在《用方言讲日本宪法》这本书里使用岩崎千寻的插图。”我当然没有权力拒绝，只好说“我知道了”。）

“想……”

如果有稿子就好啦！井上厦译日本国宪法一定是最棒的，我有信心，但是书出不来什么都白说。我沉不住气了。

我没有打算放弃计划，时间紧迫，只剩下一条路，就是“催稿”。

什么是“催稿”呢？打电话，写信，发传真，说：“请您快点儿写！”如果这样能催来，那就好办了。

打电话他本人不接，寄信或发传真也不知他到底看没看。

说到底，写的人是作家，编辑再着急，作家不想写也毫无办法。

我为了让他“想写”，在信件和传真里倾诉我恳切的心情，恳求、吓唬、哄骗……，可这些都是通过“纸”，远不如直接见面来得快。

我给井上写过这样的话：“我深切体会到，为了让一位出色的作家动笔，不论怎么吹捧，怎么威胁，怎么讽刺，怎么哄骗都没用!”这是我在长期的编辑生涯中得到的教训之一。

穷追不舍，随机应变

话虽这么说，我不能坐等。我想了两个办法。我不知道这些办法到底起了什么作用，写出来供读者参考。

首先，一定要设法见到井上厦本人。

我虽然没有查到他的所有日程，但凡有他的演讲会，我都去听；有他创作的戏剧，我就买票去看。

我在纪伊国屋剧场，与我的儿子、女儿分头去找他，终于“抓住”了他。听说他来公司附近出席研讨会，我放下工作就跳上出租车。我就像个死乞白赖追女朋友的男人。

结果多少比一般的“催促”有了点儿效果。

还有一条，就是我的马虎成全了好事。为了实现目标我随机应变。

没有篇幅细说了。我最初设想的“译全文”，缩成了用现代语翻译部分条文，并改变了书的结构。

我还想过一个方案：是否请井上厦信赖的几个人分头翻

译，用“九条会”的名义，请井上厦监修。

我去过宪法学泰斗的研究室，商量是否能请他“粗译”(结果被他一口回绝：“那怎么行！”)。

我觉得没有像杂志连载那样明确的“截稿期”真不行，我还建议过在绘本出版部每月一期的电子杂志上连载。

哪个办法都是迫不得已的，都没收到可以自夸的效果。但是，我要想方设法引起作者注意，这个方法不行就用那个，那个方法不行就再换一个，对“围追”作者还是起到了一定的作用。

从编辑的角度来说，怎么用手里“现有的材料”做成一本书？这与你下多大功夫有关。在这个过程中，你的出版计划本身会越来越成熟。我这么说，是不是在自吹自擂呀？

联合《朝日小学生新闻》

就这样，在这样的来往中，时间已经到了2005年。

前一年10月，井上厦给我发来传真说：“最好是在明年出版。”“这本书再拖延就是全民的损失。”所以“我放弃单独翻译”。在那个月的月底，我有了直接见他的机会。我们说好，再一次集中精力完成这本书。

但是，我在前面也说过，当时井上厦可不是一般的忙。

在他的主要战场——戏剧界，他连续写出了《圆生与志生》《箱根强罗酒店》《梦痂》等作品。秘书说，井上的书稿有了一点儿进展，可是没有完稿的迹象。

我又坐立不安了。当时我手里只有井上厦翻译的宪法前言和第九条[①]。我还有什么办法吗？

我和编辑们商量（向井上厦约稿后我升任部长，离开了具体的编辑工作。我继续与井上厦交涉，但细致的编辑工作交给年轻编辑和有经验的自由职业编辑。后来全凭这两位优秀的编辑，完美地出版了这本书），决定联合《朝日小学生新闻》一起干。

我们计划，请与我们有工作关系的《朝日小学生新闻》连载井上厦为小学生读者“讲课”。

我们请朝日新闻选小学生听课，而安排讲义和报道由我方负责，结束后与“现代语译”一起出一本书。

这比迟迟无进展的宪法条文翻译，更容易传达宪法精神，最重要的是“连载”这一枷锁，可以促使作者按时交稿。

不用说，这是一种赌博。《朝日小学生新闻》虽然答应了，但是井上厦对这一请求会不会说不呢？这是我们的责任

① 第九条为放弃战争，否认军事力量以及交战权。

问题。

我下定决心。这么说听起来好听，准确地说是被逼得走投无路了。

拜访井上家

出版时期、社内情况，这些不仅是期待和压力，为了全社齐心合力推出这本书，我在各个部门都做了工作，能够等待的时间是有限的。

另外，还有我的年龄问题。这时我已到五十岁后半期，离退休的日子屈指可数。

长年做编辑工作，多次感到过“就是现在!”的瞬间，以及“错过这次机会就没有第二次了”。虽然没有合理的根据，这是一种“直觉”。这时，我的确有了这样的感觉。

5 月 25 日，我给井上发了传真：您是否同意设定“关起来”执笔一个月的日程？或是答应在《朝日小学生新闻》上连载?

我说不出“最后通牒”那么强硬的话，但这是切断后路，鼓舞自己的话。

可是，过了一个月，果然（?）没有回音，6 月也只剩下两天，期限到了。

我考虑，在第二年（2006年是宪法制定60周年）夏天出版（如果在8月15日出版，7月下旬书就得出来）。从现在开始准备《朝日小学生新闻》连载，刚刚来得及。

为此，必须当面说服作者……我决心采取不预约、突然拜访的方法。

我第一次去井上家，只知道地址。我事先打电话问清了井上那天在家，但还是心里没底。我预防万一不让我进去，就事先写好了一封信。我把信揣进怀里，从镰仓车站坐上了出租车。

井上家在一座小山上，出租车只能到山下，我下车了。

好像是下午四点半左右，天空晴朗。刚过夏至不久，天高气爽，可以听到远处的鸟鸣。尽管我的工作责任重大，可不知为什么心情舒畅。

结果，我打算丢进信箱的信没有派上用场。

我按门铃后，出乎意料的是马上就让我进去了。过了一会儿，井上从里屋走了出来。

说来奇怪，一见面，就没有话说了。我要说的事，要说的话，他都清清楚楚。

“请您开始写吧。再这样下去的话，书还没出来我就要退休了。”

我故意轻松地说。旁边的井上夫人机敏地说了一句：

“你就是在等着他退休吗？”我忍不住笑了出来。

“那好吧，”井上说，“那就在《朝日小学生新闻》上连载，具体日程你和 ×× 商量。”

×× 是井上全面信赖的女秘书，请她调整日程不会有错。

我们又聊了一会儿，喝了可口的咖啡，我告辞了。我感到一阵轻松。实际上，让我胃疼的事从这时开始了。

《把日本国宪法告诉孩子》（在计划阶段一直用《为孩子和母亲的……》为标题，销售部提出“这个标题限定了读者”，我们接受这一意见，改变了题目）。首印发行是 2006 年 7 月 20 日，是我拜访井上家的一年后。

那里怎么会有他的同伙？

井上厦第一次《朝日小学生新闻》“宪法讲座”，8 月末在我们公司的会议室举行，第二次是第二年 2 月下旬。光看这个你就知道这一年不平凡。为避免赘述，我只说印象深的两件事，结束这篇长故事。

一件事是在 2006 年 5 月 3 日，宪法纪念日，出版的两个半月前。当时书的进展是什么状态呢？已决定书分为现代语翻译的“绘本”和为孩子的“宪法讲座”两部分，有了雏形。但是还没拿到文稿的最后校对，以及《前言》和《后记》的稿件，还有卷末登载的主要参考文献的书目。

而且，前半部的绘本，在数次编辑会议上（前面写过，已多次改变书的结构）决定条文只留前言和第九条（那之前还打算放入第九十七条），这件事还没有最后得到井上的同意。

第九十七条“基本人权的本质”，是井上最重视的部分。后来，我们把它放进了讲座部分，是觉得更容易让孩子们理解。当然在这个阶段，未经作者同意不能变更。

4月中旬，我给井上发了传真，请他同意最后的结构方案和执笔。

还是没有回音。具体地说，3月1日发出传真后，井上就没有来过任何联系，情况和几年前完全一样。

其实这也有原因，他正在为新国立剧场6月公演的东京审判三部曲《梦痂》写剧本。

已经是5月3日，我们的情况也很紧迫。

这一天，井上厦要在新宿纪伊国屋会场与小泽昭一、永六辅等人出演以《这一天集合》为题的脱口秀，这是各界名人在宪法纪念日举办的活动。对于我来说，那天可不是我忘掉工作去欣赏节目的时候，而是“抓住”井上厦再好不过的机会。

演出一结束，我就去了后台，硬领着井上去会场附近的餐厅。我请我熟悉的那家餐厅为我们早开门。我对井上说，一个小时就行，我们商量一下工作。

井上说他还有一个戏剧碰头会，在那之前有点儿时间，可以去餐厅。我松了一口气……

可是，店里坐着他的同伙F先生！他是新国立剧场的制作人。

只有一个小时左右的时间。我重复了我们的现状和对井上的请求。能直接告诉他，不能说是白费时间，可他大部分时间都用在与F先生的谈话上。

井上写剧本时要看大画面的故事示意图，他们两人看着像卷轴似的画面在交谈，我在旁边有一句没一句地听着，好像首演是6月（下个月！）末，可剧本离完成还差得远。

我的确插不上嘴。我们预定7月下旬出版，不管怎么说也是那边优先。

我好不容易又重复了一遍日程，就把他俩送上了出租车。他们要去与戏剧界人士碰头。

你可能觉得我人太好了。我再说一遍，戏剧首演比我们的出版早一个月，我不能妨碍井上厦戏剧杰作的诞生！

我回到店里，向勉强为我们早开门的女主人表示谢意。我看着黄金周熙熙攘攘的新宿，天还没黑，我喝下了那天的第一杯啤酒。

好歹做好了拼图

终于迎来翻越最后一座山的时刻。

过了6月20日，离预定出版的日子（正式通知书店和批发商是7月20日）不到一个月，情况与5月3日时没有任何变化，剧本那边好像也没完成，我们进入了紧急状态。

6月21日，我给井上厦的秘书发了传真，请她等井上的剧本写好后把传真交给他。我向井上报告了现状，请他按照约定提出两天“关门写作”的日程（我幸亏和他约好，等剧本写完就写书稿）。我打算请他来公司，住在公司附近的酒店。

我又加一句，在这个阶段，我们尽可能事先做好其他相关工作。封面设计和井上的稿件中已经确定的部分，都打出了校样，插图的颜色校对也大体完成了。

拼图只剩下井上的最后校对，以及《前言》《后记》的稿子。不知这是否可称之为“挖好了护城河”，或“背水一战”。

结果，根据井上的意愿，不关在酒店，而是每天来公司的会议室工作。这已是6月29日。

拼图终于拼好了。

7月16日，在一般书店发售井上厦的《把日本国宪法告诉孩子》之前，我们从印刷厂直接把书运到了镰仓九条会主办的演讲会会场。两周前才最后交稿，可称为绝技。

全国同时在书店发售是7月20日。我至今记得，依靠全社帮助，池袋RIBURO书店（现在关门了）的新书专台被这本书的蓝色封面所覆盖。

首印三万册。井上厦在发售后也全面协助宣传活动，从纪伊国屋会场的出版纪念活动，到亲自上关西电视节目，还有书店的签售会、周刊的对谈，等等。读者反应也很好，当年就售出十万册以上，成为畅销书。

“第四届吉里吉里忌”（2018年），由“星座”朗读会集体朗读
照片提供／吉里吉里忌实行委员会

出版十年后的今天还在再版，去年（2018 年）4 月，在山形县召开的吉里吉里忌的主题是“大人学习《把日本国宪法告诉孩子》”。

山形县的戏剧工作者、学生和当地居民一起朗读这本书，我坐在观众席上感慨万分。

这个长故事就要结束了，我最后再写几句。

出版后过了一段时间，我有机会见到了那位 F 先生。我们回忆起宪法纪念日那天在新宿的事，我说：“你们平安无事开幕了，真不错呀。”他笑着回答：“我当时想，你的书绝对出不来。”

是啊，也许那是常识。

第四章

绘本编辑与英语搏斗

1

书展的光和影

在世界各地

我在前面说过，我的编辑经验是在少女漫画和童书领域。虽然有杂志与书籍的区分，但基本上是与作家一起工作，可以说没有本质上的差别。

虽说同样是编辑，比如还有《现代周刊》《文艺春秋》这样的报道系列杂志，或者是时装、美容类杂志，要求编辑做的事和做法各不相同。遗憾的是我没有这方面经验，所以说不出来。

只是在我的经验中，有和一般编辑不太一样的地方，那就是在“海外”与书展有关的工作。我写一点儿这方面的事。

我在前面谈到过意大利博洛尼亚童书展，可书展不止是这一个。

每年秋季举办的著名书展有德国法兰克福书展，这里不仅是童书，所有的书都参展，据说是世界上规模最大的。

其他的还有伦敦、北京等书展，还有这两年停办了的东京国际书展等。

在春季和秋季，正好间隔半年的是博洛尼亚和法兰克福两大书展（实际上我们在博洛尼亚告别时，都说下次在法兰克福见。但我不是每年都去法兰克福）。

我参加的是这两个书展。伦敦和北京书展也邀请过我，我没去过。尽管我有兴趣，可是到国外出差要花钱花时间，没那么轻易。

“版权交易”的场所

那么，书展到底是什么场所呢？

一句话，那是进行“版权交易”的地方。

书展期间也安排一般读者入场，说起来与车展和时装展（交易会）没什么不同，但是对与出版有关的人来说，那基本是个“买卖”场所，是买卖版权，即买卖出版书的权利的地方。

全世界的出版社集中在一起，向其他国家推销自己的书，同时，从其他国家购买自己有可能出版的书。对编辑来说，像我前面写过的那样，主要任务是寻找有可能“翻译出版”的书。

准确地说，特别是日本，不仅是编辑，整个出版界“买”是主要目的。

在日本的书店里，比如说你想想美国或法国等外国的书店就会明白，日本的出版引进压倒多数，即以购买国外版权为主，而卖出日本版权的并不多。

我第一次参加博洛尼亚书展是1997年，当时我社出差的只有编辑和负责版权的国际室（当时的名称）的人。没有“出售”我社版权的业务。我社正式成立“国际版权”部门，积极向国外推销自己的产品是在进入21世纪以后（背景是日本“漫画”的威力。即使到现在，漫画以外的作品卖到国外也很困难）。

为了不使读者误解，我补充一句，日本的作品（不论是小说还是绘本）以前并不是完全没有在国外出版过，也有专门从事版权代理的公司。我说的是比率平衡问题。

那么，编辑去书展具体从事什么工作呢？我在本节中主要介绍我参加最多的博洛尼亚书展。

不用说，这只是我个人的经验，各公司和编辑的做法不尽相同，不能一概而论。

实际上三天时间干什么？

书展期为四天。这期间何时参加当然自由，我（我们）基本上从第一天到最后一天都在工作。有些外国出版社不等最后一天就关闭展台，我听说有的编辑只参加前两天。

最后一天要收拾展台，实际上从第一天起的三天时间内决定胜负。

讲谈社有自己的展台，那是我们工作的据点。在展台上展示我社的书，放上几套桌椅（开幕前一天的工作是搭展台），供负责“卖”的版权部门人员交谈时使用。编辑原则上从这里出发，去其他出版社的展台。

每天大约要访问八家出版社的展台，这也会因做法和想法不同而不一。

每次交谈大约三十分钟，如果从早到晚排得满满的，去十家以上也是可能的，但是移动要花时间，体力负担也太大。

刚开始以我为主行动时，也许是天生受穷的命，总想尽可能多看可别落下，把日程排得满满的，结果弄得筋疲力尽。于是我醒悟到需要自由时间到处转转，后来就把日程安排得有间隔，或是不安排与人见面。我后面再说见面以外的工作是如何重要。

一般是在日本事先约好见面时间，有的是与出版社直接联系，有的是通过版权代理商，最近主要靠电子邮件。有来往的国外出版社不仅在书展前，平常也会相互发信息。

我社展台有懂意大利语的日本女性（她住在博洛尼亚）为我们接待服务。我把书展期间的预约表（几月几日10 : 00A 社，10 : 30B 社……）交给她。

有时会有突然来访的人，如果要找的人不在时，她看着那张表告诉对方何时再来。

编辑基本是双人同行，有时分工单独行动，也有按绘本和读物分开行动，所有参加人员都要有时间表。

对有兴趣的书

谈一下商洽的内容。

在指定的时间访问对方。各出版社的展台按阿拉伯数字表示，比如 H29A12，意思是第 29 馆 A 区 12 号，会场的主要展厅有四五个大厅，有时找展台很花时间，一不留神会迟到！那就乱了套。(法兰克福书展比博洛尼亚大几倍，会场里甚至有移动巴士，可知展区有多大。)

我刚才说了，每次洽谈原则上三十分钟，大体在这个时间内结束，有时前面的人谈不完，得等他们。

当然，等还算好的，有时还会碰到重复预约谈不成的事，不过这种事不多。

我经历过最可笑的事是（最后一天）到了对方展台，他们正在撤展，说“那个人已经回国了”。这当然是极少有的事情。我再加一句，我们见的是“负责买卖版权的人”，他们的时间表都排得满满的，三十分钟洽谈一次。

开始洽谈。先说客套话，交换名片，有时明确地说出自己的目的，比如“我想找面向五岁左右孩子的绘本”等，或大致说一下“我想看你们的新书”。反正是根据自己的想法，或是根据对方的做法。

各出版社不同，有时一次洽谈能看到很多新样书，大体是还没出版的“纸样”。

与日本不同，欧美的出版社不是每个月都出新书，大体上每年出两次，基本上是春季和秋季。还没出版就介绍新书，是为了找合作出版方（绘本只要更换文字版），增加印数，降低成本。

编辑的工作是，看了样书判断自己是否有兴趣。

对有兴趣的书，请对方另寄样品。有时出版社直接寄来，有时是通过代理商寄来。书展结束一两个月后，会收到陆续寄来的样书。

在书展期间，身处国外，人在浮躁状态中，而且鉴于日本人的国民性，不会明确拒绝，因此寄来的样书总是比需要的多。回到日本，坐在办公室里看着堆积如山的样书，禁不住会喊起来：“是哪个家伙要来这么多烂书？”

我们的做法是，包括没参加书展的人再一次传看这些样书，一起开会研究，逐步缩小选择范围。当然各出版社的做法不同。

即使挑中了，还要正式申请，如条件不合适就出版不了。所以，在展台上看到的，到真正出版的只是极少数。

关于出版合同，前面说过的合作出版，要购买印刷文件（从前是胶片）在日本印刷，支付版权使用费，方法各式各样，细说太复杂，我就不详说了。

不管怎么说，到最终签约、翻译出版，还有很长的路要走。

用学英语和散步减肥

书展的通用语言是英语。我从开始参加书展时，前面也说了，国际室英语好的人一直给我当翻译，后来国际室改名为国际版权部，从协助编辑的部门变成营业部门。上面通知我们，编辑的英语要自立，就是说（没有翻译）你们自己干吧。

我利用社内的语言研修制度，去上英语会话学校，临时抱佛脚能简单对话，但是深入交谈还得另找翻译，语言问题到最后都一直困扰着我。

由于这个原因，我一有机会就告诉年轻编辑英语的重要性。

只是经常有人说，如果比较“会英语但没有编辑能力”和“编辑能力出色但不会英语”的人，不用说，我们需要后者，这一点绝不能错。

反正在有限的时间内，要瞬间判断接二连三用英语介绍来的新书，实在是不容易。

绘本可以根据图画大致判断，读物和小说等就不行了，判断材料少，说句不好听的话，就是瞎蒙。我在《你身体里的脏东西学》那一节写过，即使是绘本，凭对图画的先入之见判断是很危险的。

这样的洽谈一天八次，四天就是三十二次，移动都靠走路，如果带上计步器，数字一定很高。经常有人说：“你能因公出国，真不错呀！”为什么这么说呢？其实这可是个重体力活（每次书展结束我的体重都减少两三公斤）。

无穷魅力

就像我写过的那样，书展是“版权贸易”的场所，洽谈是书展最主要的工作。但是，书展（这里主要说的是博洛尼亚）的魅力不仅如此。我将在最后写这一点。

博洛尼亚书展的魅力是什么？

那是童书相关人员的盛大节日。书展期间，全世界的相关人员汇集在这里，不仅有出版社，还有作家、画家、翻译家、研究人员……说得易懂一些，喜欢和关心童书、对此有兴趣的人，一年一度都汇集在这座意大利小城。

书展期间，在会场中心举办《博洛尼亚国际绘本原画展》，分虚构和非虚构两个部门展览得奖作品。它们是以全世界十六岁以上的插画家为对象征集挑选出来的。每年都有不少日本人得奖，在日本也举办巡回展。每年从书展参加国中选一个主宾国，举办包括那个国家著名画家的特别展览，很有意思。

博洛尼亚书展会场　摄影／松冈美代子

另外，以参加书展的出版社的绘本为对象，授予博洛尼亚国际儿童图书奖（Bologna Ragazzi Award），在市内举办授奖仪式。对出版社来说，拿到这项奖是一种憧憬，因为很难。我只拿过一次，作品是《旅行与看家》（小手鞠类／文，北见叶胡／绘），当时的感动至今难忘。

我前面说过，我认识到不能安排太多的洽谈，就是因为需要有从容的时间参加这些活动。

甚至可以说，不仅是那些“正式活动”，会场内各处都有画家和作家的讲座，还有很多作者排着长队，希望请著名的编辑看稿子。也有的展台每天傍晚举办简单热闹的茶会。在会场内边逛边看很有意思，看到自己喜欢的地方，会有意外的发现。

人酿出的“气氛”

我至今清楚地记得第一次参加博洛尼亚书展时的感动和惊讶。

也许与我第一次去意大利有关，我被那里的明朗和开放，特别是被汇集在那里的人们的热气震住了。

世界上有这么多童书啊！意大利有意大利的色彩和设计，法国有法国的颜色和特点。看着这些书籍，既新颖，又切身感受到了异国情调。

还有许许多多热爱这一事业的人，他们认真创作出了这么多作品。特别令我惊讶的是，会场内那些抱着大幅画稿的年轻画家们。他们来自世界各地，向各出版社兜售自己的画稿。

讲谈社当然也不例外。许多画家前来“兜售”，我只要时间允许，就与他们见面。其中有已经在欧洲出版社出过书（即专业）的画家。那为什么要给日本的出版社看呢？因为他们希望让更多的编辑看到，抓住机会。他们的旺盛精力使我感动，我从他们身上学到了很多东西。我想，日本的画家们也应该学习这种精神。

我还要在别的地方谈这个“送上门”的事情。我要说的是，书展的内容是如此丰富。

我不否认，书展是冷酷的商业交易场所。我也理解这种意见：在互联网发达的当今，不是可以在网上交换新书信息吗？

但是，决定的因素还是人。我现在也对参加书展的年轻编辑们这样说：你能否接触到人酿出的“气氛”？能否切身感受到它？那是多么丰富和重要啊！

我说：“书展是童书的节日，我们要用全身心去感受它。”

2

在雪中瑞士接受斯巴达式集训

《我是彩虹鱼》

在我编辑少女漫画和童书的职业生涯里，除了参加书展这种特殊情况以外，去海外的机会并不多。

在泡沫经济时期，因为有赞助商，时装类杂志或报道类杂志等进行过奢华的海外采访，最近似乎听不到这种事了。

陪作家去国外采风也不会经常有，采访国外发生的事件或事故，现在大多委托给当地的新闻工作者。

即使这样，除了书展以外我并不是没去过国外出差。我写一些印象深刻的事吧，有的可能象征着新的商业模式。

2004 年 1 月，我在雪中的瑞士见到了《我是彩虹鱼》。

《我是彩虹鱼》是瑞士作家马克斯 · 菲斯特的绘本作品，

畅销全世界。日文版是1995年我调到儿童局之前出版的，属讲谈社“世界绘本”系列中的一册，由谷川俊太郎翻译。

封面的鱼鳞是用特殊加工的胶片做的，看起来闪闪发亮，非常新颖，出版后电视等作过报道，引起了轰动。

原书是瑞士的南北出版社出版的，被各国翻译，还出了很多关联商品。

我记不清是什么时候听说这家出版社经营不善。

我没有留下准确的记录。在去瑞士出差的前一年，即2003年参加法兰克福书展时，我的笔记里有相关记录。反正我是在书展上听说了这一消息，这一点不会错。

说句题外话，（世界规模的）同业界收集和交换信息，是书展的重要作用之一。所以我认为，尽可能让同样的人在一定时期内连续参加书展，即使不交朋友，至少也可互相熟悉，重要的是建立见面热情打招呼的关系。

《我是彩虹鱼》 马克斯·菲斯特／著
谷川俊太郎／译　讲谈社

我自己交了几个见

面一定会一起吃晚饭的朋友。我还策划过像开编辑会议那样的、外国编辑和我们的年轻编辑的聚会。由于有语言问题，到底起了什么作用，我心里也没底。

围绕著作权利

如果南北出版社经营不善，《我是彩虹鱼》的出版权就可能出现问题。

好不容易在日本引起轰动，成了稳定的畅销书（这时“鱼”系列已出版了三本），假如因为原书出版社的原因不能继续出版，问题就严重了。最重要的是作者本人不会希望出现这种情况。

细节和过程比较敏感和繁琐，我就不详说了，反正我们当时是这样考虑的：

能否以此为契机，与作者直接签署出版合同？

不用说，不论是绘本还是小说，著作的权利在作者（著作权）。绘本《我是彩虹鱼》也是南北出版社和作者马克斯·菲斯特签订合同，得到出版绘本的权利才能出版德语版，而讲谈社通过瑞士的出版社得到了日文版的出版权。

我再补充一句，一本书的权利不止是这些，有改编电影权、电视节目权、相关商品权，这些权利都属于作者。由于个人操作很不容易，由出版社或是别的公司代理为多。

举一个简单的例子，比如名叫“米菲”的主人公。

这本来是荷兰作家迪克·布鲁纳创作的绘本，日文版由福音馆书店出版。

正如你所知，这个可爱的主人公出现在毛巾、化妆品包装上，它活跃在许多商品上，即所谓的“商品化”。

本来出版和商品化，都是根据消费者的需求，在适当时间和场合提供适当数量和价格的商品，但是签订合同的方法是不同的。我不打算说得更多了，只是换个角度看，生产米菲毛巾的公司和翻译出版绘本的出版社，从创作出主人公的权利人（授权人）来看，同样是被授权方。实际上在绘本里，也有不需翻译、只使用米菲图案的数字绘本或 ABC 等的绘本，可以说那是“书籍形式的商品”。

米菲的这些权利是由荷兰绘本出版社管理的，在日本国内是以该公司的日本分公司为窗口（还有地域问题），各行业负责权利的人定期一起开会或举办联欢会。不仅是米菲，姆明等主人公也一样。

可以抓住这个机会

《我是彩虹鱼》在欧美被制作成各种商品，绘本出版社管理着权利。如果它经营不善，这些权利也会出问题。能否以此为契机制定新框架……即讲谈社更深入介入这件事，通常说的“机会”。

雪中的瑞士。2004 年 1 月 23 日，我们经法兰克福抵达苏黎世，在苏黎世和柏林各住三晚，在苏黎世郊外同南北出版社进行洽谈，而作者马克斯·菲斯特先生的家在柏林。

在这个阶段，讲谈社还没决定究竟参与到什么程度。如前所说，前一年（2003 年）在法兰克福得知南北出版社经营不善（已经众所周知），我们事先与马克斯·菲斯特先生本人也取得了联系，出差的目的很明确。

一是准确了解该出版社的现状，二是了解作者的想法和希望。

首先，最低限度是要确保《我是彩虹鱼》在日本的出版，作者当然也希望扩大并保护自己的权利。我们认为这是扩大事业的好商机。如何与对方的出版社和作者取得共识，取决于我们对这两点的磋商结果。

换句话说（极端的说法），有无数选项：从讲谈社整个收购南北出版社，到只签署日语版的翻译权。

和我一起出差的是讲谈社国际室的 O 氏，他在美国大学留过一年学，又长期在纽约工作，英语很好。不用说，这次重要的采访和交涉，我的英语根本不够用。

O 氏在法兰克福书展等场合也一直帮助我，与我一起商量《我是彩虹鱼》的事情。他最先提出来这是个商机。

困难的工作

这次出差不仅任务特殊，使我难忘的还是它的重重困难。

一般来说，去国外出差不是享受，还有时差问题，容易引起睡眠不足。可这次的程度不同。

我每天六点起床，不是因为时差早醒（其实不睡懒觉是好事），我要准备当天的洽谈，还要给公司发传真（那时还没普及电子邮件），有时还要直接打电话，要干的事情很多。

白天的洽谈大体是十点左右开始，加上工作午餐，一直到傍晚，这算正常的。傍晚开完会，工作并未结束。

像刚才所说，我们洽谈时靠 O 氏翻译，我只好在旁边拼命做记录（不用说，我不是所有话都能听懂，不明白的地方要做记号）。吃晚饭时或饭后我要整理笔记。

首先，O 氏对当天的洽谈内容进行简要说明，我确认白天不明确的地方，然后商量如何进行下一轮洽谈。我把商量的结果分成应向公司汇报的和可以自己决定的两部分。回房间后，还要给公司写报告。当然睡下的时间已是深夜，简直像斯巴达式集训。

只有各个突破解决问题

我再具体说一点吧。

第一天是与南北出版社洽谈。对方是社长，我和O氏，以及菲斯特先生。我们在附近车站的大雪中等出租车时，与菲斯特先生偶然碰上了。

前面说过，该出版社经营不善已经众所周知，我们先确认具体情况，欠了哪里多少债？处理期限是什么？各种权利目前是什么状况（不仅是出版权，还有商品化权、影像权，等等）？内容涉及很多方面。

特别是最后一个问题，由于有的地区权利被转卖，错综复杂，连社长本人都搞不清楚。

尽管如此，我们只有一个个确认，考虑如何解决问题。

这也是菲斯特先生的意愿，他同样希望了解现状。他比我们更迫切，除了《我是彩虹鱼》，他的其他许多作品都与此有关。

我重复一遍，我们最低的目标是确保《我是彩虹鱼》的出版，为此需要南北出版社和菲斯特先生都满意并同意。进一步说，根据条件，也许还可能实现对我们更有利的计划……我们的工作就好像解一道复杂的联立方程式。

当然，会谈一次不可能都搞清楚。在出差的最后一天，我们又一次前往南北出版社（顺便说一下，该社在苏黎世郊外，而菲斯特先生的家在柏林市内，我们需换酒店）。第二天，我们与菲斯特先生洽谈。

在柏林的洽谈从第二天起持续了三天，其中一次是与菲斯特的代理人 K 氏谈。我们面前摆着根据菲斯特先生的意向制订的备忘录（即合同方案），一条条地协商。

就像我说过的顺序，我和 O 氏一起整理要点，挑出问题，准备下一次洽谈，逐渐明确问题和要点。

我不能详说工作内容。我们看出来，菲斯特先生关心如何在亚洲推广《我是彩虹鱼》，胜于在日本继续出版的问题。我们逐渐明确了，他在思考《我是彩虹鱼》以及整体创作中什么最关键。

这对于编辑来说极为重要，我下一章还要写，这就是直接见面的最大好处，尽管他是外国作家。

话有点儿长了，赶快往下讲。

结果，以创作两本新作品为条件，与菲斯特先生直接签订了《我是彩虹鱼》的系列合同，除了出版权，我们还拿到了处理除泰国和韩国以外所有亚洲国家版权的权利。

当然这次出差不可能解决所有问题，我们第二年 2 月又一次前往柏林，在那以后也多次进行协商。我再加一句，南北出版社尽管经历了一些曲折，但更换了领导层后，到现在还一直进行着出版活动。

“布丽吉特在呀！”

这次出差，深深地留在我记忆中的是困难的工作，还有第一次看到的雪中欧洲，最重要的是我学到了很多东西。

第一点，是我写过的，学到了“新的商业模式”。第二点，用完全相反的说法，是“编辑与作家不变的关系”。

前者没必要再说了。在长期持续的“出版不景气”的情况下，仅靠书（出版物）的销售额已经走到头了。

通过把作品拍成电影，做成电子书以及各种商品，多面推广以增加收益……可以说，这已经成为常识。

当然，《我是彩虹鱼》的规模大，是相当特殊的例子，也许今后需要进一步扩大。从出版工作的实质来看，我并不是对此举双手赞成，但是从盈利的角度来看，至少是个不能忽视的问题。

那我谈另一点，即“编辑与作家不变的关系”。这是怎么回事呢？

刚才我也说过，出差时最先与南北出版社洽谈，由该社社长和我们两人，还有菲斯特先生，一共四个人。

这是一对三。因为对于菲斯特先生本人来说，他把自己的作品委托给这家公司，由于公司经营不善，自己的各项重要权利受到了威胁，他是所谓“受害者”。虽然他与我们的立场不同，他有权让该出版社解释清楚，也有权追究他们的责任。

但是，在洽谈时以及闲聊时，我感觉到他们的关系并没弄僵。我难以用语言表达，我感到他们还像多年交往的老朋友那样互相信赖。

当然，从他们两人交往的时间来看，那是理所当然的。虽然理所当然，但是这种关系不单纯是他们两人之间的。

洽谈过程中，社长说：“布丽吉特在呀！”

布丽吉特·西迪扬斯基是绘本界著名的女编辑。多亏她的编辑眼力，南北出版社才成长为世界性的绘本出版社。按现在的说法，她是个“超级编辑”。在书展上，作家们排着长队想让她看自己的稿件。她是南北出版社现任社长的母亲。

我必须去打个招呼。我跟着菲斯特先生进了她的房间。

她一个人在安静的房间里默默地看着稿件。

当时她多大年纪呢？有八十多岁了吧。

老实说，我当时的真实感想是：“布丽吉特还在工作呢！”

与我同布丽吉特初次见面时说的那一堆客套话不同，菲斯特先生用他独特轻柔的语调与布丽吉特交谈着。虽然话不长，但是我感觉到他对布丽吉特充满了信任和尊重。

是啊，《我是彩虹鱼》正是菲斯特年轻时给布丽吉特看了稿件才有了今天。

我当时想到，作家和编辑的信赖关系就应该如此。

也许这与这次出差的主要目的相反，也许会有人冷静地认为，这种信赖关系不是未能拯救南北出版社的失败吗？但是我觉得，它好像在告诉我们，在出版这个行业里，我们必须珍惜的是什么。（经营失败的原因不是简单能说清的，我也没有资格去评说，至少经营过分扩张是悲剧的原因之一吧。让企业发展很难，不是我等能干的事情。）

我再补充一点，后来到菲斯特先生家深入交谈，也与此问题有关。我们谈的虽然是合同等事务性问题，可是我们了解到了他对绘本的看法，他认为创作绘本时什么最关键，这些都成为后来我们与他的交往中极为重要的因素。

3

作者和读者能跨越国界吗？

这是“梦想”吗？

这个题目很夸张。也许可以说，写了书展，写了雪中的瑞士，终于写到了这个主题。

“作者和读者能跨越国界吗？”准确地说，前面应该加上“日本出版物的”。

一般来说，设定的这个提问可称之为“愚问”。不用这么夸张地问，书店里摆着那么多外国作家的作品，也无需举村上春树和吉本芭娜娜的例子，日本作家在世界上拥有读者并不稀奇。

但是，我做编辑工作实际感受到的与此相距甚远。

我们约稿的作家几乎都住在日本国内，我们设定的读者群也在日本国内。最主要的是，销售发行系统是日本国内的。也许这理所当然，也许这与日本的地理位置（岛国）有关。

起码在欧洲，由于各国市场小，与别国合作出版增加印数是很自然的事情。从这个意义上来说，至少没有把读者限定在本国的想法。

当然，不能否定“国产”，这是非常现实和实用的。

但是，我有时这么想——只要有优秀的才华（不分国籍），能一起工作（做作品），让世界上的人都能读到那该有多好啊……

我打算在这儿写一下为了实现“梦想”，我经历的事情和问题。

先从作家这一问题开始。

第一次博洛尼亚书展，第二天上午十点

我在书展那一节里，写了国外作家和画家的热情兜售。即使是专业作家和画家，也精力充沛地访问各家出版社的展台。我想日本的作家们应该好好学习他们的这种精神。

尽管如此，不仅是书展，出版社也很少马上出版兜售来的作品。画得好的外国人很多，那也不会当机立断决定

出版。

只有一次，我几乎是当机立断。那是 1997 年，我第一次参加博洛尼亚书展。

书展第二天的上午十点。那天第一场洽谈是十一点，我九点过后进了展台，九点半就来了第一个兜售的人。十点左右来的是一位女性，住在美国西海岸的插画家 L 氏。

她带来的是用单线描绘的动物和昆虫。她的名片上印着“设计公司”，她是专业画家。

她的画并非那么棒，但是画里有幽默和温情，似乎能派上用场。

这种时候应对很难。如果远远达不到出版水平（大多数是这样），你可以指出缺点，说请下次再来吧就完了。可是承认对方的实力，想留住对方时该怎么办呢？

在国内的话，不管你的水平多高，原封不动地出版送上门的稿件几乎不可能。大多数的情况是，商量着请对方画一部新作品，或是要求对方对作品多处加以修改（这也许是我所在的出版社的“企业水土”。另外，我虽然没有严密验证过，但觉得外国的出版社认为“好了”就无条件出版的情况较多）。我看着 L 氏的作品，觉得不错，但也不能说那拍板出版，我们来谈谈出版细节吧……

“决定权”问题

我感到难办的是，和她交谈时，了解到她同时也在与其他出版社交涉。

当然，这就是兜售。转多家出版社，寻找欣赏自己（直说就是“买”）的地方。“卖”给谁是作者的自由。

人的心理常常是怕被别人抢走时就更想要。而且，对方列举的出版社都是我们的竞争对手。我怎么办呢？

这时，还有一件难办的事，与她洽谈时只有我一个人，而且我没有决定权，即不能“拍板”。

补充一句，当时我是绘本出版部的执行部长，按照组织的等级制度来说，我的上面有主管部长，出版计划的决定权在他手里。（严格地说，最终正式拍板是他上面的局长。如果不是特别大的计划，部长也可酌情定夺。）

“决定权”是关键。与前面写的瑞士出差有关，我必须清晨或深夜与公司联系，就是因为我没有决定权，所以必须随时请示上级。

《我是彩虹鱼》是一项大计划，可以说那没办法。而在书展上，即使我特别满意或认为绝对不会看错的书，我也没有要求对方报价的权限（前面说的请对方寄书不是正式报价）。我当了主管部长后，这种情况基本没变。说起来有些复杂，获得外国作品的翻译权比一般的出版计划难度大。

有的童书专业出版社，社长亲自前往书展，直接与国外的出版社或版权代理商交涉。如果社长（即使不是社长，能拍板的人就行）想要这个作品，可以当场谈条件，得出结论。老实说，我非常羡慕他们。

不论是什么谈判，关键是和谁谈，换句话说，要看谈判的人握有多大权限。这理所当然。

“强行突破”

还是 L 氏的事。

我单独接待了 L 氏，也就是说我不能当场答应她出版，但要请她拒绝其他出版社。

我找了个借口，请她第二天再来。

幸亏主管部长 S 氏也来书展了，只是那天不在展台。我在部长中午休息回展台时向他说明了情况，并在他没有预约的时间段请 L 氏过来。

碰巧有一位熟识 S 部长的自由职业编辑，认识与 L 氏联系的出版社，我们还请她去了解情况。

我们一边吃午饭一边研究对策，S 部长支持我的判断，我们决定“强行突破”。竞争对手的出版社已先走了一步，我们打算“抢”过来。

第二天，S部长加上国际部门的人做翻译，我们再次与L氏洽谈，终于使她转向了。（为了不产生误解，我补充一句，我们并没有提出高额预付。我们说，希望出版已经有假书的小狗绘本，我们还建议从多方面推进主人公的商品化，最后决定的是L氏本人。）

那年10月底，我们出版了L氏的小型绘本，与其说读者对象是孩子，不如说是年轻女性。我们请著名女歌星翻译文字部分。这本书被电视节目和体育报纸介绍，引起了人们瞩目。

L氏曾在日本百货店系列的商社工作过，还干过推销，她协助各方面促进了商品化。

但遗憾的是，这个项目只热了一时，没有获得我们预想的成功。

由著名人士翻译的这本可爱的绘本内容有点儿难，社内也未能有效构筑多方面推广主人公商品化的体制，这些原因令人懊恼。

按常识来说，这与《我是彩虹鱼》的项目也有关，我们应该投入更大的力量。都怪我缺乏经验，成了一个不成熟的“梦想”。

埃里克·巴图

我再写一下作家埃里克·巴图。他不是自己找上门的，他是2001年BIB（布拉迪斯拉发国际绘本原画奖）的大奖获得者，法国绘本作家。

我刚开始去书展时，到各家展台搜集自己中意的绘本，一整理，发现有一位作家的作品多本重复。因为我调动工作时不懂绘本，也不了解作家的名字，反正觉得好就挑来。这位作家就是巴图。

他在欧洲极受欢迎，声誉很高，不仅出版了法语版，还出版了德语版等。讲谈社也翻译出版过几本他的绘本。

我记不清是哪次书展了，在展馆内开的小型聚会上，偶然见到了他。

我递上名片打招呼，说我特别喜欢你的画，我正在负责翻译绘本的工作，你对日本有兴趣吗，等等。

巴图不爱说话，几乎没有回答我的问题。我以为他没听懂我的蹩脚英语，又让我们国际室英语好的人问他，他也不回答。国际室的人说，他是不是不会说英语呢？

不管怎么说，我拿到了他的名片，知道了他的联系方式，我很高兴。

当时我已当了部长，不直接做编辑工作，而负责翻译绘本的编辑是巴图的粉丝，他决定直接与巴图联系。

我在前面写了，不论对方是日本人或是法国人，想与自己喜欢的作家直接联系是编辑的“本能”。

我省去具体经过，以后多次联系（当时是传真），又请他来书展见了面，2006 年，我们出版了他的《星期三健康球》。这不是翻译作品，而是原创绘本。埃里克·巴图画，文字请巴图的粉丝、他的绘本翻译者那须田淳撰写。

那须田淳在出版时写道：“这不是翻译作品，而是请巴图直接为我写的文字配画。我希望这种超越国界的合作越来越多。”他说出了我们共同的心愿。

但是，我不得不加一句，遗憾的是，这次尝试也没有成功。

《星期三健康球》 那须田淳／文
埃里克·巴图／画 讲谈社

绘本销售得并不好（我说的是没有畅销，和其他书相比并不是特别差），后来和巴图一直联系不上也是重要原因。

不得不说，他的父亲生病（负责他的事务管理），加上他本人的一些事情，还有文化差异、地理距离、语言障碍等，都是原因。光做法语出版合同就费了牛劲，如果没有得到相应结果，的确是“费力不讨好”。直率地说，我打退堂鼓了。

我说的都是些失败的例子，也许读者会认为这不就是实现不了的梦想吗？尽管如此，对于我来说，那仍然是我在追逐的、不愿舍去的梦。因为我觉得这与编辑工作的本质和根源相关，我将在本书的最后写这一点。

两个问题

在本章的最后，我想写一下“读者跨越国界”。就像我在书展那章开头写的，日本出版（文化）是压倒性的入超，问题是日本作品很难卖到国外（特别是欧美市场）。

现在我们正在努力出口日本书籍，研究“出口”的会议也在增多，尽管如此，比如绘本，我感到欧美的编辑有一种优越感，认为“为什么非要买日本的作品”，要纠正这种“不平衡”，需要相当长的时间。

在童书领域，2014 年上桥菜穗子荣获国际安徒生奖，2018 年角野荣子又获该奖，日本作品的确在世界上已受到高度评价。特别是最近在中国市场和印度市场迅速增长，说明日本作品具有跨越国界获得读者的潜力。

问题有两个：

一是语言问题。为了向国外宣传，必须翻译成世界通用的英语，必须提高英语水平。

这是我（我们）自身的教训。介绍书的内容时，不是说明意思就行了。我们必须具有能鉴赏作品的英语能力，培养能判断国外作品的编辑，确保翻译人才，这些是我们急需要做的工作（我听说上桥菜穗子在没有确定国外出版时，为了翻译自己的作品花费了很多精力）。

另一个是国家的宣传能力。

比如说中国和韩国，在书展上以国为单位布展，他们的编导和宣传能力令人瞠目。

不用说，国家与文化的关系极为微妙，也很危险。

尤其是日本经历过国家统治文化的噩梦时代，必须慎重对待。我觉得出版行业应再一次（迄今为止议论过多次）认真思考这一问题。我们的政府用嘴巴管理文化，而不想出钱，我们也许不能指望政府。

作者和读者都能跨越国界，只是有许多困难。如何克服困难？为什么要克服困难？这个问题也许与编辑工作的本质相关。

第五章

什么是编辑？

1

既当干部又当编辑

当一辈子编辑

有句话叫“当一辈子编辑”。不止是编辑，当一辈子教师，当一辈子铁路员工，什么职业都可以这么说。

这句话出自野村克也的“当一辈子棒球接手”。有不少人不想当干部（在公司里不想晋升），他们不离开工作现场，坚持干好本职工作，以此为人生意义，引以为自豪。

我知道好几个这样名副其实的优秀编辑，一直默默地编书直到退休。有的人退休后也作为自由职业者继续做编辑工作，工作认真负责准确，有匠人精神。这种人生意义不容否定。

但是，还有一种想法。

我觉得当一辈子编辑的说法，有当干部不是好事的含义，也含有干部不是编辑的意思。事情果真如此吗？(细说起来复杂，杂志和书籍部门，总编、出版部长级的干部情况各不相同。杂志被称为“总编的东西”，不当总编就不能按自己的意图编杂志。而书是一本一本编，编辑自己就是总编。下面我主要谈谈书籍领域。)

实际上，有的编辑明确拒绝当干部，也有的编辑没有明确拒绝，当了干部后因不能从事自己喜欢的工作而意气消沉。

的确，当了干部后（比如说出版部长），要管理统计数字，还要注意编辑们的工作状态。从做书（编辑）的意义上来说，干的都是多余的工作。

而且部长理所当然不担任责编，工作不算“有意思”。(这也因人而异，有的部长喜欢自己编书。我认为，这样没有他人的监督检查，所以原则上我不担任具体编辑工作。我在《把日本国宪法告诉孩子》那章里写过这些情况。)

但是想一想，自己当了干部就不做编辑工作吗？干部能当什么样的编辑呢？编辑到底是什么呢？

我因为讨厌干这个才进了出版社！

我是2000年6月就任出版部长的，是调到书籍编辑部的第四年。我当过两次少女漫画杂志的总编，这是我第三次莫名其妙的调动。如果我没干好，别人会说“他纯粹是个傻瓜”，我感到压力很大。

暂且不谈“感情”，（出版）部长的使命是什么呢？

杂志总编辑的使命比较明确，一句话，就是增加发行数量。

最近杂志不景气。漫画杂志本身发行量小，但是把刊登过的作品做成畅销的漫画单行本，增加收益，这种情况越来越多。说起来，没有一个总编辑不想扩大杂志发行量。

与此相比，书籍就没那么简单了。书是一本本完成的，不论部长怎么加油，与册数增不增加都没太大关系。

有的人把一年出一本畅销书作为目标，有人把出版迄今为止没有出过的种类作为目标。

不用说，目的是数字，简单说就是增加收益，最终目的与杂志的增加册数是相同的。

只要我们的工作不是业余爱好或业余团体，换句话说，是资本主义社会的营利事业，这一目的就是理所当然的。

我啰啰嗦嗦说了半天，也许读者觉得这都是不用说的废话。但是对干部来说，考虑编辑工作时，关键问题就是数字。换句话说，当一辈子编辑的自豪感背后，似乎是对这种数字的反感和厌恶。

事实上，有很多编辑“不擅长数字”。

我不说别人，自己就是其中之一。我一看销售统计表，一看一大串数字就头疼。当干部后，让我看各部门的收益报表时，我忍不住嘟囔：我就是因为讨厌干这个才进的出版社！

不说笑话了，不管你擅长不擅长，其实就是不喜欢做买卖吧。

创造比做买卖强，这是一种价值观。而当了干部后，就不得不转换成相反的价值观。可以说，许多编辑的意识深层里有这种想法和困惑。（编辑和营销合不来，也是出于相同的理由。编辑经常对营销不满，认为他们不懂书的价值，随意削减册数；而营销往往气愤地回答：你就不会编点儿好卖的书吗？）

也许这与我们面临的永不褪色的问题有关——多卖就好吗？卖不动就不好吗？

好书卖不动也没关系

我从少女漫画领域调到儿童局，有一个令自己非常惊讶的想法，就是“好书卖不动也没关系”。这对于在漫画杂志社工作过的人来说，简直不可思议。

说起《周刊少年 JUMP》，经常被引用的是漫画领域的问卷调查。我不说这本杂志绝对正确，但是我所在的《好姐妹》和《少女之友》，最关心的是在问卷调查时，自己编辑的作品的销售数字，根本不可能存在只要作品好卖不出去也无妨这种想法。（不得不承认，我本身对问卷调查很反感。不详说了，这会成为冗长的议论。我认为，日本的漫画之所以发展到今天，成因之一是问卷调查，即完全对准读者的视线。我自身的“反感”，是如何去与读者较量，而不是无视读者。）

话说回来，“好书卖不动也没关系”的想法，准确地说，我不是第一次听到。不仅是童书领域，比如说纯文学、哲学这种不指望卖多少本的书（简单说就是不起眼不好卖的书），常常成为书籍领域的“传统”书。

当然，出版是文化的一部分，的确有不计成本也要出版的有价值的出版物，编辑需要具备这种判断能力。也许，这无形中形成了一种“传说”，变成了编辑有好书卖不动也没关系的想法。

如果意识深处有这种想法，的确成问题。当时讲谈社儿童局是赤字。因为我有周刊竞争激烈的经验，我刚调来时，上任不久的局长对我谈了“改革意识”的必要性。

可是，我并没有在当了干部（部长）后，向编辑们讲改革意识的大方针。

就像我刚才形容为“传说”那样，这种意识若隐若现，至少在我所知的范围内，编辑中无人公然说“卖不动也没关系”。大家在一起喝酒聊天时，我一有机会就谈这种想法很可笑，也没人提出反对意见与我争论。

这也是理所当然的。到底有没有编辑觉得自己编的书卖不动也没关系？自己辛辛苦苦编出来的书，当然希望有更多的人读到它。

尽管如此，创造与做买卖对立，编辑与营销不合。

这是为什么呢？

应该思考创造与销售为什么乖离，思考如何使创造与销售相结合。

我不清楚当时自己觉悟到什么程度，现在回想起来，觉得这似乎是“干部做编辑工作”的核心问题。

这不仅是我当部长时，也是我当局长时遇到的问题。

“进度”问题

我具体的工作是，认真听取营销部门的意见。

我刚才也谈了，编辑和营销的想法时有对立，营销有营销的不满。我在编辑少女漫画时期，就有很多想对营销部门说的话。我想，那就好好谈谈吧，互相说出心里话。

这真是个很好的学习机会。我通过优秀的营销人员了解到许多以前不知道的事情，充分说明我对书籍编辑的无知。举几个例子吧。

比如说“进度”。也许这不仅是童书领域的问题，包括销售、安排印刷等营业部门，对编辑部最为不满的就是“进度”问题。简单说就是不按计划发稿（书出不来）。（“进度慢”是笼统的说法，其实是包括从策划到书籍出版的整个过程。也就是从稿件完成到送进印刷厂、校对、校完后出书，这一系列的程序都没有按预定计划完成。）

当然，编辑也不会认为不按进度行事是好事。编辑典型的说法是：“就算按进度出来了，书不好也不行吧。”

我非常理解这种心情。我和作者谈漫画稿时，明知再修改就来不及了，可还是不能同意自己不认可的作品。这就是编辑。如果没有这种坚持，那最好别当编辑。

但是，问题的实质不在这儿。营销部门也没说请你编你不认可的书。

延误进度会带来什么后果呢？

销售人员耐心地解释给我听：不按进度走的话，“想卖也卖不出去”“本来好卖的书也变得不好卖了”。

销售人员特别强调的是，决定出版册数的问题。

出版书的一个月前召开会议决定新书册数，编辑和营销双方出席，介绍作者情况、书的内容以及所用成本等，双方共享和确认这些信息后，决定首印册数。

可是……营销人员说："有时开会连校样也没有，标题和封面也还没定下来。"

"连封面和内容都不清楚，怎么决定册数？你们让我们怎么卖这种书？"

我无言以对。的确有这样的情况：编辑未能按期完成，开会时没校样（印出来的校对稿，看了可知内容），正式标题也没定，封面设计未完成，等等。

他还说，这不仅仅影响决定册数的问题。

写得太详细就繁杂了，简单地说，这不光是社内问题（决定首印册数），而且还影响对外宣传等工作。

需要做工作的对象很多：经销商、书店、网站、图书馆等。营销人员气愤地说，我们向他们宣传要出这样的书了，请你们多多关照……可空口无凭。图书馆选入"推荐图书"，就会有具体的购买册数。编辑部提供图书信息越早越好，出版前一个月连标题都没定下来，这算什么事？

我觉得他说的完全正确。编辑连这些最起码的工作都没做好，只能用"羞耻"一词来形容。

如何编自己想编的书？

我曾经问过童书专业出版社的编辑，他们说一般在发售前一个月，拿着样书到书店去转，了解书店的反应，把预约数作为决定印数的参考。有时还带去校样，根据对方的意见进行修改。

对于专业出版社来说，一本童书是否卖得好关系到社的生存，当然会不遗余力。

也就是说，包括我在内，编辑被惯坏了。只要编出好书，卖书是销售部门的事，而没有认识到自己为卖书应该做什么。

我同意销售人员的意见。我在前面也写过，希望自己编出来的书卖得好，是编辑们的共同心愿。我决定说服编辑们。

说你们得快点儿干呀，或是说你们快干有这么多这么多好处，这两种说法哪个有效呢？

我省略细节，编辑部的进度得到改善后（尽管编辑心里明白，加快进度也不是容易的事），在开会决定印数时，书的标题、封面、内容齐全的情况多了起来。

另外，一个月前开会决定太晚了，我们就改成了两个月前，还开始实行“书店试读制度”，挑选大书店的店员，请他们事先阅读校样。这一制度延续至今。

我写了很长，可以用一句话概括，我当干部（部长，局长）后，做的许多工作就是与营销部门密切联系和合作。

这不是因为我身处管理统计数字的地位，采取了为增加销售额的对策，而是为了更确切地完成编辑工作。

编辑和营销立足点不同，有时会产生对立。但是，不能让对立表面化，成为纯粹的对立，而是要找到好的方向，减少对立。这是我们的工作实质。(我在这主要写了销售部门的事情，我们与计算成本、同印刷厂打交道的营业部门的关系也一样。如果编辑或装帧家希望用的样式、纸张、印刷方式，营业部门说太贵了，那就无法进行。经常有这种事情，这不能认为是营业部门干涉创造。编辑想做的是什么样的书？有没有其他办法？这都需要双方一起协商解决。)

当然，这要求双方都具有专业经验和知识。

我经常对编辑们说，你们要从策划阶段起，尽早听取营销部门的意见。这不是巴结他们，也不是光编营销部门认为好卖的书，更不是单方面听取和盲从。对自己不同意的，或是不专业的意见，要明确表示不能接受。

因为这关系到编辑工作的根本——如何编自己想编的书。

正像我在《把日本国宪法告诉孩子》那一节里写的，得到反对你的部门同意，这种书才厉害。

当不当干部不是自己能决定的，是偶然和必然因素交织在一起的命运。不用说，当不当干部，不会改变编辑本身的价值。

我想说的是，并不是当了干部就不是编辑了。我不得不遗憾地承认，的确有人当了干部就不做编辑工作了，我觉得不应该这样。

不论职务如何变化，编辑工作的本质不会变，我们在任何时候都不应忘记这一点。

在谈这一点之前，再写一段我的经验吧。

2

制定新计划
——《MOVE》的例子

百科辞典？

我做童书编辑工作，是从 1996 年调动到 2015 年退休，大约有二十年。从部长（2000 年起）、局长（2005 年起），最后是董事（2009 年起），职位变了，周围又都是好同事，这二十年我过得非常充实。

我有许多美好的回忆，如果你能原谅我有些自夸的说法，我就简单写一下在某种意义上可以称之为“划时代”的计划。

我不打算展开谈有点难的编辑论，这只是一个“好经验”。

我记得好像是 2009 年 1 月，担任儿童文库读物的编辑M君对我说："我想在儿童局里成立一个儿童百科辞典小组。"

我从M君刚入职时就熟识他，他是个优秀的编辑。他是在新年宴会后去喝酒时顺口说出来的，在场的两个人也都同意，说想一起干。

百科辞典？我有些惊讶。

喝酒时说一些平时说不出来的话，这并不奇怪，可我没想到会说出百科辞典。原来他在考虑这样的事啊……

如果N氏参加

还有一点使我吃惊的是，当时任绘本出版部长的N氏也表示同意。

N氏是我最信任的编辑之一。她编童书时间长，编辑能力是我等不能相比的。我没想到她会对百科辞典感兴趣。

我以N部长参与为条件，同意了成立百科辞典小组。

百科辞典与一般的单行本不同，需要花费许多精力和费用，还有后面要说的情况。我当时不清楚能否实现这一计划，但是觉得N氏参加就有希望。不用说，任何计划都必须认真研究。

我把想法通过M君转给N氏，她到我这儿来，我们决定正式起步，开始研究。

“认为这个计划有意思的人居多……”她似乎还有些犹豫，并不是完全赞同。

我没有参加讨论成立这个小组的会议，也不清楚具体内容。

到了第二年2月，我开始负责包括儿童杂志在内的整个童书部门。我的原则是，不论什么问题，各部门的事情由各部门自己管。就像前面所述，我想既然拜托给N氏了，那就不会错。

当然，N氏和M君有时会告诉我他们讨论的情况。

犹豫的理由

以《(面向儿童的）百科辞典》开始讨论，最后定为《图鉴》形式，还研究了把编辑部设在哪儿等问题。N氏决定，这项计划不作为编辑部整体的项目，而以M君为中心进行（结果证明非常正确）。

我也了解到了M君的想法。

他从小就喜欢百科辞典和图鉴，他说上小学时读到科普杂志《牛顿》的创刊号，受到的冲击至今难忘。

为了迎接新时代，他与NHK合作，想出了在图鉴里加

DVD 的方法。(我顺便说一下，他最先考虑到的是与互联网连动，并利用参加书展等机会调查了有关情况。虽然最后决定加 DVD，但是参加书展能结合具体工作令人高兴。后来 M 君在工作中也直接与国外画家联系。)

这是在 2011 年引起轰动的图鉴《MOVE》的开端。

当我逐渐了解该计划的内容后，虽然感到可行，可还是有些犹豫。因为前面也提到过“历史原因”。到底是怎么回事呢?

讲谈社开始出版图鉴，是 1953 年创刊的《讲谈社学习图鉴》。简单说，自那以后一直是艰苦奋战，多次撤退和重开，仍然比不过竞争对手的小学馆和学研。

我 1996 年调到儿童局(当时的名称)时，在那三年前的 1993 年出版的《全景立体大图鉴》第二十八卷(《玩科学》)，是最后出版的图鉴。这已是多次从图鉴撤退了，包括我在内，当时社里普遍觉得我们的图鉴比不过学研、小学馆，费时费力又不赚钱……

讲谈社的动态图鉴《MOVE》

还有一个动物图鉴《袋熊》的问题。

《袋熊》是1997年出版的四卷动物图鉴，利用在社里发现的贵重图片，期望在图鉴市场的竞争中报一箭之仇，遗憾的是并未成功。

在出版《袋熊》时，当时的儿童局长（我的前任）这样说："这次要是失败了，就再也不出图鉴了。"

"热情"与"呼吸"

当然，这不是讲谈社社长的话，也没有正式对外宣布。

可这是童书部门负责人说的。考虑到市场动向和前后经过，我感到了这句话的分量。

我是2005年接任儿童局长的，当然知道前任的这句话。在2009年又提出出版图鉴时，各部门的部长大概都想到，我不会轻易同意出版。

但是，是什么使我最终下了决心呢？如果说是因为这个计划很棒，好像不是。也许是人的热情超过了计划很棒。换句话说，是提出计划的M君的强烈愿望。

甚至可以说，他是为了编《图鉴》才进的出版社。他对图鉴有明确的构想，他能具体指出现有的图鉴哪儿不好，为什么不好。这是很不简单的。

比如，比较一下在研究大型计划时常常使用的市场调查方法吧。

召集读者对象，进行问卷调查，给他们看样书，请他们自由讨论。尽管规模大小不同，我也多次使用过这种方法。假如这样调查《图鉴》，能诞生出《MOVE》这样的计划吗?

在图鉴市场被小学馆和学研两大势力垄断的情况下，得出的结论恐怕是“难做”。即使通过了计划，恐怕也出不了这样的图鉴。

因为市场的实质是“统计数字”。

数字里没有“血”，也没有活生生的“呼吸”。

计划好坏决定销路

出版图鉴《MOVE》的时期，正好是少年漫画《进击的巨人》(少年杂志) 引起轰动畅销时。据说《进击的巨人》也是新入职的编辑看到送上门的稿件，一定要采用才开始了连载。

这都是始于个人的热情，我觉得这不是偶然现象。

谈起出版工作时，经常说策划是一切。其实比策划内容更重要的是责编的热情和能量。

另外，拥有决定权的出版部长或总编（干部），除了热情，还能在什么地方“下赌”呢？

就这样，2011年7月同时出版了动态图鉴《MOVE》动物、昆虫、恐龙三卷，引起巨大反响。在两年半内累计售出一百多万册，2013年超过两大竞争对手，占据学习图鉴类销售量首位。

这一经验证明，在日益严峻的出版界，策划好了，仍然能做出畅销书。这给予我们极大的勇气。

而且我认为，这说明成功的要素，实际上是极为个人的、朴素的，这一点非常有意义。

图鉴市场竞争极为激烈，2014年从学研开始，其他出版社也陆续出版了加入DVD的图鉴，争先恐后，你追我赶。我听说我们的《MOVE》不断出新书新版，销量正在稳步增长。

3

什么是编辑？——在读者和作家之间

对“人”的工作

我根据自己的经验，写了很长篇幅的“编辑的工作是什么”。

我说过多次，这只是我个人的经验。

如果分析它们，把它们抽象化，变成普遍的“什么”，比如说编辑须有的素质和能力等，假如能得出某种结论，那也许会成为有益的书。但这不是我的本意，我也没有这种能力。

另外，如果我说编辑需要的是策划能力或与人交往的能力，那我会觉得是不是还漏掉了真正重要的什么。

我重新回顾自己走过的路，觉得编辑是极具“人情味儿”的工作，这是不会错的。

不，说有人情味儿，不如说就是人做的事，可以说，这才是编辑工作的特点。

“就是人做的事”是怎么回事呢？这和一般的工作有什么不同呢？我想最后考虑一下这个问题。

我在前面说过，出版社也是企业，理所当然要追求利润。我不打算改变这个想法。

不论是做铁锅的公司（当然不是锅也行，什么都行。因为从前我经常听老编辑说出版社不是做铁锅的），还是出版社，在资本主义社会从事“商业行为”义不容辞。

但是，如果炊具公司的商业行为是销售铁锅，那么出版社的商业行为是什么呢？出版社做什么商品、卖什么去得到利润呢？

有人会说，你说的都是些不言自明的道理，出版社出售杂志和书籍。时代变了，现在说的“版权”，本源不就是杂志和书吗？

我说不对。出版社做的和卖的不是书和杂志。

那些只是“容器”，我们做的是装在那里面的“什么”。说起我干过的工作，有漫画，有绘本，有儿童读物。

那些没有形体的“什么”，在纸上印刷后装订，可以做成各种形式，比如说夏目漱石的作品，文库本也好全集也好，都是夏目漱石的作品。

传递的意愿

我是不是在罗列歪理制造混乱？我想不是。

也可以说那个“什么”是感情，是思想。我们阅读那些没有形状的“什么”时，或共鸣，或反感，或感觉出“什么”。我们的（我特意用这个词）“商业行为”的基础，就是这个“什么”的互换。不称之为“就是人做的事”，那该怎么称呼呢？

其实买书和杂志阅读的行为本身，就极有人味儿，与消费者买锅使用的行为明显不同。

自从泡沫经济崩溃，出版业不景气以来，经常有人说“出版社和一般公司并无两样”。

这是为了消除自己是出版文化旗手的“自傲”心理，并严加控制经费。

我反复说：“只要是好东西，赤字也无妨。”这种想法在企业难以成立，但它有一定的正当性。

但是，在进行这种议论时，经常使用“读者＝用户”的说法，我对此不同意。

我以前为了消除自傲心理，也说过类似的话。我在进行反省的同时，再次强调我们必须认识到读者不是用户。只有这样，我们才能看清出版（编辑）工作的本质。

另外，我还想谈一下“制作”这个词汇。

我一直说我们“制作”的是人的“什么”，这不准确。因为画漫画的是漫画家，写绘本和读物的是作家。

那么出版社，具体说编辑是干什么的呢？

当然，与作家商量，鼓励和帮助作家，有时要出主意，提建议，当作家的后盾，也不是不能说是“制作”。进一步说，那是“传递”，或是“试图传递”。传递给谁？当然是读者。只有读才能成为读者，我们是传递给许多不认识的人。

编辑工作的核心，是对“眼睛看不到的什么”产生共鸣，并试图传递给更多的人，难道这不就是出版工作吗？

连接的纽带

我想起了上桥菜穗子的责编给我看《野兽奏者》(2006年讲谈社出版）稿件的事。

当然是在出版之前。我当时有事住在东京都内的酒店里，早晨在房间里读完时的感动，至今难忘。

真不简单！我被震撼了。我坐立不安，面对稿子嘟囔道。我非常想告诉谁这部作品如何有意思。

也许责编第一次读完稿子时，心情与我相同。

把作品编成书，让不认识的人们读到它，这不就是出版工作的出发点吗？

读者与作家与编辑——我们必须认清出版工作的基础，就是这三者的关系。（根据我个人的经验，在这里谈了以作家为中心的工作。我认为时事杂志也好，时装杂志也好，本质是相同的。）我们最应关心的是，如何维持这三者的紧密关系。

连接作家和读者的是编辑。

编辑在维持与双方的紧密关系的同时，力图把自己感到的“什么”通过作家传递给读者。

也许有时要求作家，你这样表达不够清晰，要更换手法。这不是迎合读者，也不是抹杀作家的个性。另外，也不能过分迷恋作家的个性，而把它强加给读者。如何连接这两者？能否“传递”出真正重要的东西？可以说，这是令人心惊肉跳的走钢丝似的工作。

我在这本书的最初部分写过，我当时最大的疑问是“漫画家和编辑谁了不起”，结论是同等。

也许应该以读者为媒介考虑这个问题。不存在那一方了不起，问题是如何把作家的想法更好地传递给读者。

另外，常说的“文化性”和“经济性”的问题也一样。

问题不是只要能卖出去就做，或是即使卖不动只要是好书就行，而是如何让读者读到书和杂志，如何向读者传递各种“想法”，这才是我们首要考虑的问题，而“销售额”和“利润”是结果。

我刚才写过：“读者不是用户。”

如果用近似的说法来说，我们的目标是“传递”，而不是销售。编辑希望自己编的书（杂志）销路好，是因为卖出去的结果是传递了信息，而不是为了“销售额”和“利润”。

也许有人认为我是在玩文字游戏，但是我觉得这两者很不一样。

只有在此基础上才会懂得“只要卖出去就行”，或是“(只要是好东西）卖不动也没关系”，这两种想法都是行不通的。

我再重复一句，编辑工作是极有人情味儿的工作。编辑想传递的，是不能用语言或数字表达的“什么”，即只有人才能有的“什么”。我们不能忘记这一点。

青山学院大学的原晋教练因箱根接力长跑出名，他这样说：

“教练像函授教育那样不去现场，也不知学生在宿舍里干什么，只看他们提交的作业，那可不能指挥他们呀。我想对企业的人事部门或干部说：你们为了追求效率，只看用电